少年陰陽師
しょうねん おんみょうじ

少年陰陽師 伍

雪花之夢

六花に抱かれて眠れ

結城光流—著 涂愫芸—譯

重要人物介紹
平安時代雙人傘
藤原彰子
左大臣藤原道長的大女兒，擁有一頭美麗的長髮，個性率真。和昌浩一樣擁有強大的靈力，能看見妖怪，卻一點都不會害怕。如今『半永久性地』寄住在安倍家。
安倍昌浩
安倍家的么子，十三歲的菜鳥陰陽師，天生有極強的靈力。父親是吉昌，母親是露樹。個性好強，最討厭的一句話就是『安倍晴明的孫子』，立志一定要超越晴明，成為最偉大的陰陽師。
小怪
四隻腳的神物，是昌浩形影不離的好搭檔。雖然不承認自己是怪物，但昌浩硬要叫它『小怪』。長相可愛，嘴巴卻很毒，姿態又高。平日化身為小怪，一旦面臨危險便會展露神將的本性。

六合
十二神將之一的木將，沉默寡言，但給人親切感。右眼下方有個黑色圖騰，肩上纏著一條深色長布條，頸上掛著三個銀項圈，右手腕上戴著寬大的銀手鍊。
紅蓮
十二神將之一的火將騰蛇。身材高大強壯，頭戴金色頭箍，相貌精悍，有一對如火焰般燃燒的金色眼睛。愈是陷入絕境時，愈能顯露出猛烈似火的本性。平日化身為小怪，跟著昌浩。
風音
追殺晴明的神秘美麗女術士。看起來約二十歲出頭。長及腰間的黑髮從頭渦處紮起，再分成兩半綁起來。穿著很奇怪，肩膀裸露，衣服下襬短得露出膝蓋。
安倍晴明
歷代少見的偉大陰陽師，能用離魂術變成二十多歲時的模樣。極疼愛孫子昌浩，但因為太了解他不服輸的個性，因此常常故意用激將法，對他冷嘲熱諷。昌浩因此非常討厭晴明，叫他『老狐狸』。

玄武
十二神將之一的水將。漆黑的短髮，小孩子特有的高亢聲音。耳朵戴著黑光閃閃的玉石耳環，頸上也戴著同樣的玉石項鍊。
青龍
十二神將之一的木將，敵視紅蓮。個性剛直頑強，有一雙犀利的深藍色眼眸，長髮隨性綁在頸後。他有另一個名字『宵藍』，但是只有晴明可以這麼喚他。
太陰
十二神將之一的風將，擅使龍捲風。年紀看起來比玄武小。自然捲的棕色長髮從兩邊耳朵上方紮起來，明亮的桔梗色眼睛流露堅強意志。
朱雀
十二神將之一的火將，使的是能暖化冰凍物體的柔和火焰。有一對暗金色眼眸，長到腰際的朱紅色直髮紮在頸後，額上綁白色布條。跟天一是一對戀人。
天一
十二神將之一的土將，暱稱天貴，是個飄逸的絕世美少女，有著銀鈴般的美麗聲音。一頭透明的金色長髮上佩戴著許多髮飾，雙手手腕上也戴著許多腕飾。
藤原敏次
比昌浩大三歲，在陰陽寮的陰陽生之中，是實力數一數二的『高材生』。他很討厭昌浩，常常對他冷嘲熱諷。小怪也常因此很想好好整整敏次。

一条大路
土御門大路
近衛御門大路
中御門大路
大炊御門大路
二条大路
三条大路
四条大路
五条大路
六条大路
七条大路
八条大路
九条大路

北京極大路

N↑

大內裡

朱雀門

右京

左京

羅城門

南京極大路

西京極大路
木辻大路
道祖大路
西大宮大路
皇嘉門大路
朱雀大路
壬生大路
大宮大路
西洞院大路
東洞院大路
東京極大路

歸去吧。

越過那座山。
越過那面海。
越過那片天。

歸去吧。

即便只剩下一顆心；即便身軀已然腐朽。

歸去吧。

回到我懷念的那個地方；回到我所愛的你們身旁。

歸去吧——

1

所有聲音戛然而止，萬籟俱寂的黑夜，沒有星星。

什麼東西來了。

彰子冷不防地從沉睡的深淵中被拉起來，張開了眼睛。

頭腦還不清醒的她，茫然地想：會是什麼呢？

室內一片漆黑，還不見黎明的影子。每每過了夜半，驚人的寂靜就會淹沒周遭。現在應該正是那個時辰吧？連空氣都安靜得沉重。

彰子緩緩起身。

某種無法形容的東西就在附近。

第一次感覺到這種氣息，跟以前遇到的妖怪、現在居住的安倍家的主人晴明、晴明麾下的式神都不一樣。

強烈得可怕、透明、清澈而幽遠，玉潔冰清，但並不冷酷。若要形容，就像嚴冬的早晨，連吐出來的氣都會被凍結的那股凜然之風。

但是，這冰冷刺骨的氣息，又彷彿似曾相識。

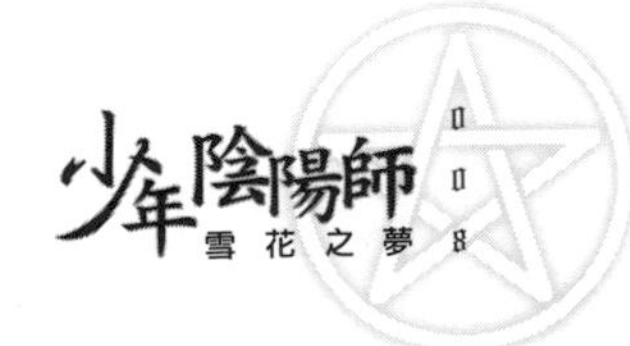

彰子披上外衣，走出房間，周遭充斥著冰冷的空氣。當然……現在是十一月底，再過幾天就要邁入十二月的嚴冬了，北方山脈已經抹上了淡淡的白色雪妝。

鋪著木板的走廊凍得冰冷，赤腳的她，很快便失去體溫，全身發冷。

她躡手躡腳，像滑行一樣地前進，悄悄尋找氣息的來源。

大概是有所抑制，氣息已不如她剛醒來時那麼強烈。但是，還滯留在這個家的某個角落。

彰子蹙眉思索。

『在……昌浩那裡？』

天氣這麼冷，又過了子時，被不速之客吵醒的小怪，擺出一張臭臉。

它盤起後腳坐著，前腳環抱胸前。白色的毛浮現在黑暗中，身體就像隻大貓或大狗。長長的耳朵撇在後面，圓滾滾的大眼睛是夕陽的顏色。額頭上有個花朵般的紅色圖騰，脖子圍繞了一圈看似勾玉的紅色突起，四肢前端都有五隻爪子。

『小怪』是未徵得它本人同意的暱稱。

想出小怪這個絕妙暱稱的人，就是坐在它旁邊的少年。

今天沒有外出夜巡，所以，正忙著準備年關所有活動的陰陽寮基層人員——直丁安

倍昌浩，早早就上床睡得鼾聲大作了。

——剛剛才爬起來。

坐在外廊的小怪，看著身旁一腳曲立一腳盤坐的昌浩。

昌浩察覺到它的視線，鬼黠地揚起了嘴角。

『你好像很不高興呢！每次看你都是這種表情，你不怕眉心的皺紋有一天會定型嗎？』

那是每天聽慣的聲音，但是語氣、遣詞用字，都跟平常不一樣。

昌浩穿著單衣的肩上披著外衣，一隻手肘抵在曲立的腳上。

『前幾天京城被奇怪的烏雲籠罩的事，都沒有人來向我報告詳細內容，所以我親自前來，你卻這樣歡迎我。』

昌浩帶著淺笑，輕輕撩起劉海，散發出成熟的、不屬於人類的淡淡氣息。

小怪的眉梢更加深鎖了。

『不需要報告吧？又沒對貴船產生什麼影響。』

『我畢竟是京城的北方守護者啊。』

『你有過被異邦妖魔封鎖的前科，還敢這樣大言不慚。』

『這跟那是兩碼子事。』

高龗神說得泰然自若。小怪瞪著祂，低聲咒罵：

『高龗神啊，這小子只是一般人類，完全附身恐怕會損耗他的體力。』

小怪向來稍微高亢、像孩子的聲音，多了一分恐嚇。昌浩點點頭說：

『說得也是。對了，神將，老叫我高龗神也很饒舌吧？從今以後我准你叫我的暱稱，這是無比的榮譽哦！』

所謂神，就是這麼唯我獨尊。

昌浩平常的表情、言語、行動都符合他的年紀，所以，一被附身就像徹底變成了另一個人，而不只是某部分不對勁而已。老被這樣當成容器，身體搞不好哪天會撐不住。

『而且……』小怪臭著臉說：『拜託你，要來沒關係，總可以先寫封信或派人來通報一聲，多替人類想想吧？』

啪！高龗神雙手一拍，打斷了小怪苦口婆心的勸說。

『對了，為了方便起見，就叫我「高淤」吧，聽起來夠響亮，靈力也強。你要告訴貴船的祭神用右手大拇指戳戳自己胸口，顯得心滿意足。

這傢伙哦！』

『……』

小怪把衝到喉頭的千言萬語硬是吞了下去。

安倍晴明率領的十二神將，在眾神中是居最下位的。下位就是下位，所以，不能跟這個名列日本誕生神話中的貴船祭神吵架。

原則上是不能，可是凡事都有限度，忍耐也有極限。

正當小怪滿心毛躁，很想口不擇言地抱怨幾句時，一股受到驚嚇的氣息震盪了空氣。它和高龗神同時轉過頭，看到正驚訝地盯著昌浩的彰子。

高龗神先對彰子笑了笑。

『喲，這就是傳說中的藤原大千金啊！原來如此，的確有淡淡的陰影糾纏著她，好可憐。』

『不要當著她本人的面說這種話。』

小怪像咬到了黃連，苦著一張臉向彰子招手。

『不用擔心，我來說明狀況，坐下。』

啪啪，小怪拍了拍自己旁邊空著的地板。彰子斂聲屏氣，緩緩走向他們。

小怪夾在兩人之間——一個是貴船祭神，一個是有不可告人隱情的人類千金。

旁人一眼就看得出來有多緊張的彰子，直盯著昌浩。昌浩瞇著一隻眼對她笑笑，然後低頭看著小怪說：『你要怎麼向她說明？這位千金人不可貌相，膽子相當大哦！』

『不用你說，我也知道。』

小怪抬頭瞪了被貴船祭神附身的昌浩一眼，就把夕陽色的眼睛轉向了彰子。

彰子屏氣凝神地看著小怪。

『雖然外表還是昌浩……但是，祂是那位貴船祭神，人稱高龗神。』

『是高淤啦，神將，你有健忘症啊？不過，你那身體從開天闢地用到現在，也差不多該衰老了。』

要人暱稱自己為『高淤』的高龗神，煞有介事地嘆了口氣。小怪極力壓低聲音反駁祂。

『你憑什麼說我？你自己是名列「記紀」①的天津神②呢。』

高淤神無聲地笑了笑。

小怪半瞇著眼睛，對雙手緊握著放在膝上的彰子說：

『這個神還真怪呢！自從上次那件事以來，就喜歡上了昌浩，老是突然跑來，說些有的沒的話就走了，真叫人不堪其擾。』

『神將，你這張嘴也夠犀利呢！』

高淤神揚起嘴角笑笑，輕輕戳了戳小怪的後腦勺。小怪不耐煩地偏過頭去，冷冷地瞥了祂一眼。

彰子看到這一幕，發現小怪的表情跟平常面對昌浩時完全不一樣，多少有些驚訝。

因為對方是神嗎？但是，從它強裝平靜的模樣，還是看得出來它很緊張。

貴船祭神高龗神是出自《日本書紀》的記載，《古事記》的記載是高淤加美神。可能是因為這樣，才要大家叫祂『高淤』。但是以彰子的身分，哪敢直呼祂的名諱?!

她微微低著頭，默默聽他們說話。盯著她看的高淤神突然伸出手來，用冰冷的手指扣住她的下顎，將她的臉轉向自己。

『唔……』

看到彰子屏住氣息，肩膀強烈顫抖，高淤神淡淡笑著，瞇起了眼睛。

『喲，原來如此，以人類來說，算是漂亮了，將來值得期待哦！』

面對突發狀況，彰子全身僵直。這也難怪，因為雖然體內是高淤神，但是外表畢竟還是昌浩，他們兩人從來沒有這樣面對面過。

『喂，你不要亂來哦！不然我會被晴明罵。』

小怪抗議，高淤神瞧它一眼，就放開了彰子。但是，彰子還是全身緊繃著。

高淤神斜坐著，看著這樣的彰子，瞇起了一隻眼睛說：

『好吧，反正「這小子」也差不多到極限了。』

『喂！』

『不要這麼毛躁嘛，如果有其他更好的替身，我也不會選他，問題是沒有。晴明的

力量再強大，我也不想借用他的身體。』

因為晴明這個男人，會索求意想不到的東西作為回報。

高淤神說著，隨手撇開滑落臉頰的頭髮，閉上了眼睛。

『最近恐怕又會有事發生，真是一刻也不得閒呢！』

『什麼？』

小怪反射性地反問，但是，高淤神沒再說任何話。

說完最後一句蠱惑人心的話後，昌浩的身體就突然失去了平衡而倒下。

彰子趕緊伸出手來，接住他的身體。

某種清靈撼人的存在衝出昌浩的身體，揚長而去。彰子隱約看到細細長長的東西，輕盈地飄向了天際。

不久後，彰子把追逐那道軌跡的視線，拉回到自己手臂中。發出規律鼾聲的昌浩，已經絲毫感覺不出剛才那種特別成熟、超乎人類的尊貴氣息。彰子這才吐一口大氣，放鬆了肩膀的力量。

小怪擔心地抬頭看著彰子的臉。

『妳還好嗎？因為是完全附身，所以神氣都隱藏在這傢伙體內，但還是很強吧？』

彰子點點頭，眨了眨眼睛。

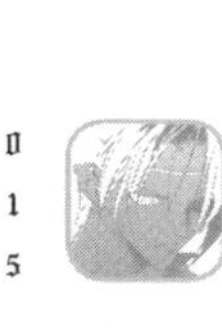

『祂真的是神呢……那個貴船的……』

那個神叫小怪『神將』。

小怪從未跟彰子說過自己真正的身分。彰子看過幾次被火焰氣息纏繞的年輕人模樣，但是，不知道那是不是小怪的真面目。

當她叫它小怪時，它會回說『我不是怪物』，但是並沒有告訴她其他名字，只說自己是聽候陰陽師差遣的式神，所以彰子還是叫它小怪……

不過，彰子並未提及這件事。

『小怪，貴船的神是……』

『想到什麼就做什麼，神就是這樣，一點都不考慮我們方不方便。』

並不是常常來，但是，都沒有事先預告，所以不能先做好心理準備。

昌浩也從來不知道自己曾被高淤神完全附身。

『要是知道了，大概會大受打擊吧。總有一天他自然會知道，所以現在還是先別告訴他。』

『我明白了。』

彰子溫順地點點頭。小怪眨眨眼睛，突然想起什麼似的說：

『啊——不過有件天大的事，我得先告訴妳。』

『咦，什麼事？』

正要把熟睡的昌浩拖到鋪被上的彰子，停下剛剛插入他腋下的手，看著小怪。小怪夕陽色的眼睛閃爍著光亮。

『高淤神是女神。』

昌浩的身體從彰子手中滑落下來。

小怪的陰陽講座

①記紀：《古事記》與《日本書紀》並稱『記紀』。《古事記》是日本最古老的歷史書，收錄日本神代（上卷）、神武天皇到應神天皇（中卷）、仁德天皇到推古天皇（下卷）之記事，內容包括傳說、神話、歌謠。《日本書紀》是依照天皇系譜、古老紀錄、寺院緣起、諸家紀錄、中國及朝鮮史料等，以編年體記載的歷史書，是最初由天皇下令撰寫的正史。

②天津神：位於天庭或自天庭降臨的神明統稱為天津神，為皇族及勢力龐大的氏族所信仰。一般百姓拜的則是『國津神』。

2

她單薄的肩膀哆嗦著顫動了一下。

聽到微微的翅膀拍擊聲，她閉著的眼睛緩緩張開來。

一個黑影隨著啪沙振翅聲，從某個角落飛下來。

『嵬，怎麼了？』

風音伸出手，讓雙頭烏鴉停在手臂上。烏鴉右邊的頭咕嚕咕嚕低鳴著，張開鳥喙，撒嬌似的偏著頭。

她用來藏身的地方，是城郊的一間小草庵。待在京城裡，隨時可能被發現，但是，她又不能離開京城——因為她還沒取下安倍晴明的首級。

要不要合作？

晴明的答案是否，而且是當場做的決定，恐怕不會再改變了。既然這樣，她無論如何都得取下他的首級。

為了等待機會，她藏身在廢棄的草庵裡。問題是，晴明這個人似乎很少走出家門。

所以，她無法採取任何行動，就這樣拖過了半個月。

停在手臂上的烏鴉低聲吟叫起來，好像在訴說什麼。

『怎麼了？』

左邊的頭對著不解的風音，大大張開了鳥喙。

『……沒用的傢伙！』

突然挨罵，風音不由得閉起眼睛，縮起了脖子。

那是穩重、帶點嘶啞的低聲怒斥。充滿威嚴的聲音，使周遭處處產生龜裂，光聽到就會使人的心瑟縮起來。

『竟然連一條老命都拿不到，這是何等失策！』

『啊……這……呃……對不起。』

聽到烏鴉說人話，她並不驚訝，似乎早在預料中。

只是來自烏鴉的斥責真的讓她很沮喪。她微低著頭，不時抬起眼看著烏鴉的紅色嘴喙。

『因為突然闖入了阻礙者……我正在找機會下手，只是一直……』

風音拚命辯解，左邊的烏鴉打斷她，犀利地說：『而且，連施個法術都漏洞百出，我根本就不該派妳來！妳打算怎麼收拾這個殘局？』

風音的肩膀哆嗦顫抖著。

她慢慢張開眼睛，戰戰兢兢地問：
『呃，宗主大人，您是說……』
右邊烏鴉咕嚕嚕低鳴，將鳥喙指向了西方。
『嵬……？』
風音疑惑地蹙起了眉頭，左邊烏鴉冷冷地對她說：
『還魂失敗是妳的失策，妳要自己解決。』
『咦……』
左邊烏鴉就此閉上鳥喙，垂下臉來，不動了。
右邊烏鴉輕輕啄刺風音的額頭，發出低鳴聲，再次指向西方。
似乎想告訴她什麼。
風音站起來，走出草庵，抬頭看著烏鴉指示的西方天空。
冬天的寒氣侵肌透骨。這個遠離京城，周遭樹木林立的地方，離船岡山並不遠。
半個月前，她在船岡山山麓發現有人施行法術的痕跡。這個人不是安倍晴明，因為
安倍晴明當時正與她對峙中——儘管那只是他的魂魄。
回想起當時的事，風音不愉快地皺起了眉頭。
她差點就成功了。是十二神將的六合阻擋了她的劍。他用沒多粗的槍柄，輕而易舉

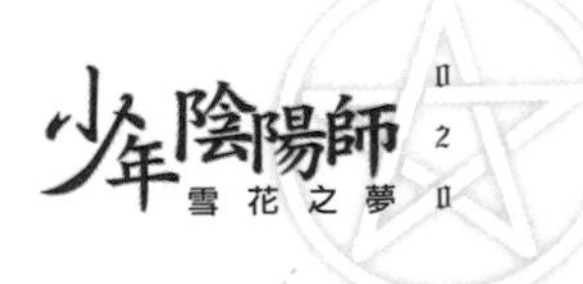

地阻擋了她的蠱毒劍，然後輕輕彈開了她渾身的力量。

風音掩不住焦躁地咬牙切齒。

『真是氣死人了！神將怎麼會帶武器呢？』

安倍晴明麾下的十二神將，不帶武器就已經很難對付了，率領他們的安倍晴明也擁有強大的法術和靈力。

就算沒有傳說中那麼厲害，也夠厲害了。

風音甩甩頭，甩去浮現在腦海中的晴明身影。

現在不是想那件事的時候。

東方的天空已經泛白，黎明即將升起。對面的西方天空還是一片藍，閃爍著幾顆星星。

吐出來的氣是白的。

風音將視線從天空滑落到手臂上的烏鴉，困惑地說：

『嵬，到底發生了什麼事？』

安倍吉昌是個溫厚的人，並且工作認真，深得部下信任。

雖然沒有父親安倍晴明那麼強勁的靈力和法術，然而，比起陰陽寮其他官員是出色

多了。占卜和預言或許比不上哥哥吉平，但是製作曆表、法術應該是寮內第一。

他的兒子們也繼承了祖父和父親的天分，未來備受矚目。

最小的兒子今年才剛行過元服禮，還看不出將來會怎麼樣，不過，似乎是天賦異稟。

因為是年紀較大時才生的，所以那孩子還很孩子氣，但也差不多該把他當成一個大人來看了。

這些事，從剛才就在吉昌腦裡骨碌骨碌旋繞。

天已經亮了，小兒子昌浩卻還沒起床，他問妻子露樹怎麼了。

妻子回答說：『啊，對了，彰子也還沒起來呢。昌浩好像從今天起放凶日假，不過，早餐最好還是大家一起吃。』

吉昌說：『我去叫他。』

從今天起三天，昌浩因凶日而不能出仕。所以昨晚他也沒偷偷溜出去，很早就上床了。

吉昌走過冰冷的走廊，拉開小兒子房間的木門。

『昌浩，該……』

吉昌整個人呆住了。

早晨的陽光普照。

光線從木拉門敞開的縫隙灑進來，照亮了房間，吉昌清楚看到身上蓋著層層外衣的人影。

許多件外衣攤開來，其中幾件下面露出長長的烏黑秀髮，彰子發出規律的鼾聲，睡在鋪被上。她的頭下面好像有什麼白色的東西，仔細一看，原來是被當成枕頭的小怪。

昌浩躺在她旁邊，睡得正香甜，跟她一樣把小怪的尾巴壓在頭下。

吉昌看得目瞪口呆，片刻後，退後一步，悄悄關起了木門。

眨了好幾下眼睛，一個深呼吸後，他又拉開了木門。

眼前的光景，跟剛才看到的一模一樣。

可見不是夢，也不是幻覺。

吉昌雙手環抱胸前，不知如何是好。

他一直把他們當成小孩子，可是，小孩子的成長卻快得出乎他意料之外。而且在兒子旁邊鼾鼾熟睡的少女，身分雖不能公諸於世，但可是尊貴人家的千金大小姐，老實說，地位、等級都相差甚遠。

首先，他們必須獲得認同。但是可以想見，要獲得認同，恐怕得走過艱辛坎坷的道路。

『怎麼了？』

呆呆杵在拉門前想破了頭的吉昌，突然聽到背後有人問。

『你站在這裡做什麼？』

吉昌回過頭，看到穿著灰色狩衣、滿臉訝異的父親晴明。

『啊，父親，早。』

『嗯。』

『我正在想昌浩的未來。』

『啊？』

晴明不由得反問，吉昌憂心忡忡地指向室內。晴明往內一看，也瞪大了眼睛。

『這種事最好照程序來，先徵詢對方的意思……』

『慢著，你會不會有點反應過度了？』

晴明輕拍手掌後，看著沒有人的外廊說：

『玄武，去叫醒昌浩他們，用什麼方法都行。』

現身的玄武抬起頭，看著晴明點點頭，便悄悄走進昌浩的房間，毫不客氣地執行了晴明的命令。

『若要下「標題」，就是「茫然若失」啦。』

擺出坐姿的小怪，深思後做了這樣的評斷。在一旁看著它的彰子，偏著頭蹙起眉梢說：

『小怪，昌浩沒事吧？』

『嗯，他只是受到了很大的打擊。』

小怪用前腳爪子靈活地抓抓後腦勺，喃喃說著。

兩人眼前的昌浩，被玄武從鋪被拖出來，滾落在地上，猛地清醒了過來，但是就在他看清楚現狀的同時，整個人立刻傻住了。

小怪心想：我可以了解你的心情。

它用微帶同情的眼光看看昌浩，再看看臉色凝重地坐鎮在他們背後的吉昌。

昌浩完全陷入了茫然若失的狀態。

難得今天沒做惡夢，又因為凶日休假，不必在天未亮時就起床，所以他睡得又熟又香甜，卻突然被叫起來，而且醒來時還看到彰子把小怪當成枕頭鼾鼾沉睡。小怪看起來有點痛苦，不時呻吟著，但是他已經無心顧及小怪了。

自己當然只穿著一件單衣，彰子也只穿著單層和服睡衣，上面披著一件外衣，連帶子都沒綁起來，看在某些人眼中，就是那麼回事了。

昌浩的單衣上披著代替被子的大外衣，那是晴明看到他嚇得呆若木雞，怕他會感冒而幫他披上的。

小怪伸個大懶腰後，一個向後轉，彰子也跟著他那麼做。

大概是自覺闖了禍，彰子楚楚可憐地低下頭來。晴明問她：

『彰子，妳為什麼會在這裡？』

面對充滿關心而平靜的詢問，彰子抬起眼看著晴明說：

『我半夜突然醒來，總覺得發生了什麼事，沒想到是貴船的神來了……』

這時候，響起扭曲變形的叫聲：

『妳說什麼?!』

因為太過震撼，大外衣從昌浩的肩膀滑落下來。

冬天的早晨氣溫很低，只穿著一件單衣想必很冷。

果不其然，昌浩打了個大噴嚏，又吸了吸鼻子，然後抓住正坐著的小怪的尾巴，一把拖過來，圍在脖子上。

『喂！』

小怪抗議，昌浩不理會它，大驚失色地問：

『彰、彰子，妳、妳剛才說什麼？』

那樣子混亂恐慌到了極點，小怪憐憫地聳聳肩，瞥了晴明一眼。
端坐在吉昌旁邊的晴明，一臉好笑的樣子，分明是津津有味地等著看事情會怎麼發展。
被逼問的彰子，把視線拋向了小怪。
昨晚小怪才說，總有一天昌浩自然會知道，她卻不小心說溜嘴，造成了這樣的混亂，她不知道該怎麼辦才好。
看到彰子無助的眼神，小怪悄悄嘆口氣，縱身跳下地板，直立起來，然後在昌浩面前靈活地拍拍前腳說：
『喂，你冷靜點，我解釋給你聽。就在你鼾聲大作，睡得不省人事時，貴船祭神來了，淨說些無關緊要的話，還說高龗神這個名字太長不好唸，所以大發慈悲，特別恩准我們叫祂高淤呢。真是太好啦！晴明的孫子。』
小怪拍拍昌浩的肩膀。
『……』
它訝異地眨了眨眼睛。
它說了最禁忌的話——晴明的孫子，昌浩卻還是茫茫然，不像平常那樣反駁，可見情況相當嚴重。

『總之，』小怪接著說：『高淤神就那樣完全附在你身上了，你正在熟睡中，所以沒察覺……喂，昌浩，你有沒有在聽啊？你清醒了沒啊？』

它揮了揮前腳，昌浩還是心神恍惚，毫無反應。

小怪不知如何是好，回頭看著吉昌。

吉昌是晴明的次子，見識過不少大場面，頗有膽識。但是聽到彰子和小怪的話，連他都嚇得手足無措。

看到吉昌跟兒子一樣啞然失色，小怪轉而看著晴明。

被孫子稱為『老狐狸』，身經百戰的大陰陽師，當然知道高淤神昨晚來過。但祂不是來找晴明，所以晴明知道歸知道，並沒有出面。

那個神會三不五時來找昌浩，大半是因為喜歡昌浩。

不過，祂每次來，也都是即將發生什麼事的前兆。之前祂來時，就是以貴船為巢穴的異邦妖魔不知去向的時候。

小怪轉過頭說：

『彰子會在這裡睡著，是因為聽神的課聽到打瞌睡，就那樣睡著了。』

『神的課？』

反問的是晴明，吉昌還是啞然聽著小怪說話。至於昌浩，根本就像一尊名為『蒼

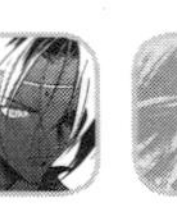

白』的雕像。

『對，她對創世的「記紀」不太了解，所以我把「國生」到「國讓」③的故事簡單扼要地說給她聽，結果……』

『我聽到一半就睡著了，對不起，小怪。』

彰子沮喪地垂下了肩膀，小怪甩甩尾巴，回她說不用在意。

『我怕她會感冒，可是看她睡得那麼香甜，又不忍心把她叫起來，所以替她多蓋了幾件外衣。我本來是好好睡在她附近的，不知何時卻變成了枕頭。』

而且還連尾巴都被昌浩當成了枕頭，這是最叫人生氣的事。

說著說著，變成了抱怨。

晴明了解來龍去脈後，鬆開環抱胸前的手說：

『那麼，昌浩……』

昌浩沒有回應，小怪只好用力揪住他的衣服前襟。

『咦？……』

慢個半拍後，昌浩才從極大的驚愕中恢復知覺。

『先不談高龗神的事。』晴明揮揮雙手示意大家讓出一條路來，面對昌浩嚴肅地說：『搞成這樣，你要負起責任。』

隔了半晌。

『什麼——?!』

昌浩瞪大眼睛，發出狂叫聲，晴明緊接著說：

『只是開玩笑。』

瞬間，昌浩有種被打敗的感覺。晴明悠然地說：

『你得去貴船道個謝，我從沒聽說過祂對任何人這麼親切呢。』

好不容易才站起來的昌浩，無奈地垂下了肩膀。雖然是家常便飯了，但是他不明白，這隻老狐狸為什麼在這麼嚴肅的情況下也能尋他開心呢？

『只要惹祂不高興，就會招來災禍哦！你要謹記在心。』

哦，是、是，昌浩這麼敷衍地回答，大大嘆了口氣。

那之後，吉昌又苦口婆心地訓了昌浩一頓，害他錯過了早餐，不過這也是沒辦法的事。

露樹看到兒子餓著肚子趴在桌上，於心不忍，就捏了飯糰給他吃。

雖然只有鹹味，但是可口無比，空腹果然是最好的調味料。

還是吃不飽，就用夜巡時隨身攜帶的水果乾填肚子，昌浩的心情這才平緩了下來。

小怪看著他沮喪的背影，用後腳拚命搔著脖子一帶。

『昌浩，哪件事對你的打擊最大？』

昌浩緩緩轉身，看著小怪。小怪悠哉地說：

『一、沒察覺高淤神來訪。二、沒察覺被完全附身。三、連彰子都察覺了，自己卻沒察覺。四、彰子睡在你旁邊。』

昌浩半瞇起眼睛，又轉身面向桌子，把下顎抵在桌面上。

『打擊都很大……抱歉，我就是這麼遲鈍。』

不，慢著──昌浩在心中思索著。

張開眼睛就看到彰子躺在旁邊，嚇得他大腦一片空白，清醒過來時，才聽到有人提起貴船祭神的事，所以最大的打擊應該還是第四。

『……』

昌浩口中唸唸有詞，用力呼氣，把胸中的氣全都吐空了。

小怪看著這樣的他，突然想起一件事，眨了眨眼睛說：

『對了，昌浩。』

『什麼？』

昌浩沒回頭，答得有氣無力。小怪疑惑地說：

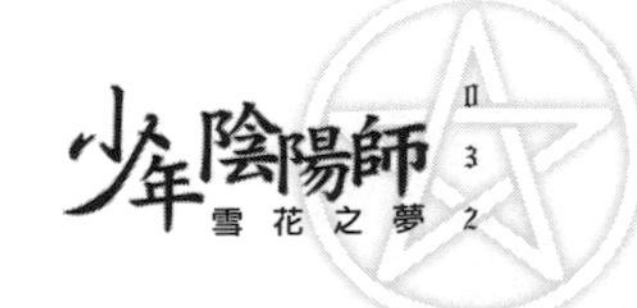

『你今天沒有說夢話呢！沒做夢嗎？』

昌浩眨了一下眼睛。

說得也是。

收服穗積諸尚這個怨靈沒多久後，他經常說夢話，尤其是最近，幾乎每天都做惡夢。

晦暗的夢，吹著冰冷清涼的風，冷到靈魂深處都要凍結了。上風處，某種陰森可怕的東西飄來飄去，纏住了自己的四肢，往上攀爬。

這幾天，好像還在這樣的影像中看到了其他東西，但是，一醒來就幾乎都不記得了。

是個曚昧不清的夢。

昌浩端正姿勢，把手貼在胸前。

每次從惡夢中醒來的早晨，他都會頭痛，覺得胸口莫名沉重。但是，今天完全沒有那種感覺。

可能是夢的關係，昌浩最近臉色都不好，所以小怪不讓他外出夜巡。幸好，那之後也沒再發生什麼大事。

凶日假過後，就邁入十二月了。年關將近，白天在陰陽寮的工作也會漸漸忙碌起

來，所以能休息時最好盡量休息。

沒做惡夢，是因為高淤神留下來的殘餘神氣嗎？還是彰子的存在？有值得信賴的人在身旁，就能安安穩穩地睡個好覺。

其實，這次的凶日也是晴明的指示，所以小怪心想，這個凶日應該是給昌浩的強制休假，晴明很可能這麼做。

昌浩不擅長製作曆表等瑣碎的工作，所以晴明這麼說，他沒查證就乖乖在家休假了。沒辦法，晴明畢竟是當代首屈一指的大陰陽師。

昌浩又嘆了一口氣，甩甩頭，伸直了背。

離正午還有一段時間。這三天都禁止外出，所以他想加強他最弱的製作曆表和觀星的能力。

他從堆在附近的書堆中選出幾本書，放在桌上，翻開其中一本。

不論是六壬式盤或解籤，他都還差得太遠。把解出來的結果與書本內容核對，再將從中取得的靈感與種種要項融合，導出更詳細的結果，是陰陽師被賦予的任務。

如果只是把書的內容照本宣科地唸出來，那麼誰都會。

一直默默翻著書的昌浩，突然停下手來。

『……』

他抬起頭，眨眨眼睛，心想是不是自己太敏感了。

他轉轉頭，把視線拉回書上。

不一會兒，他又停下手來。

『小怪……你沒叫我吧？』

『沒有啊。』

在陽光和煦的外廊上縮成一團的小怪，甩甩耳朵，睜開了一隻眼睛。

『我想也是，對不起。』

小怪皺著眉頭，往昌浩旁邊移動。

『怎麼了？你說話好奇怪。』

『嗯，我好像聽到有人叫我……』

說到這裡，他突然瞇起了眼睛。

不，嚴格來說，或許不是『有人在叫他』。

而是──他聽到了聲音。

在一旁抬頭看著他的小怪，疑惑地瞇起了眼睛。

昌浩雙手環抱胸前，調整呼吸，閉上眼睛，用『心眼』去看眼中迤邐延伸的黑暗。

那是記憶的深處；是沉沒在幽深的黑暗中，平常絕不會浮出表層的地方。

是深層心理或潛在意識。

他認得這個聲音。

……

在黑暗彼方，時而飄浮搖曳的東西是……

『……』

還差一點，就快飄過來了，就快穿過黑暗了……

『喂——喂——喂！晴明的孫子！』

『不要叫我孫子！』

好不容易集中的精神，瞬間被拋到九霄雲外。

他反射性地高聲怒吼，齜牙咧嘴地尋找這個說話沒大沒小的犯人。

『你在哪?!』

大概也是很氣思緒被打斷吧，昌浩在室內來回踱步，尋找聲音的主人。

完全當個旁觀者在一旁觀看的小怪，內心不禁嘟囔著：晴明的孫子啊，你真的還欠修行呢。

『喂——孫子、孫子，這裡啊、這裡啊！』

呼喚昌浩的聲音時大時小，音量不太穩定。

『這裡啊，這裡啊！』

小怪的長耳朵抖動了一下，它轉過身去，看到一隻小妖在牆外蹦蹦跳著。

『這裡，這裡。』

目光與小怪交接的小妖，跳得老高，拚命揮手，但又很快就消失在牆壁外面，就那樣不停地跳來跳去。

『昌浩，它在那邊。』

小怪用前腳指給找錯地方的昌浩看，看得他目瞪口呆。

思考了一會，他才『啊──』地恍然大悟。

安倍家覆蓋著晴明的驅邪結界，再厲害的妖魔鬼怪，未經許可都不能入內。比較脆弱的妖怪，光碰到結界就會灰飛湮滅。

但是，由家人請進來就另當別論了。

昌浩走到庭院裡，跑到牆壁旁邊。

『過來吧，我准你越過牆壁。還有，不要叫我孫子。』

蹦蹦跳跳的小妖得到許可後，開心地跳過牆壁，正好掉在昌浩頭上。

『喲，好懷念的安倍家──一點都沒變，沒變呢！』

昌浩猛地抓住小妖的前襟，把它扯下來，瞇起了一隻眼睛。

『說得好像你來過似的。』

小妖轉轉眼珠子，抬頭看著昌浩，默默地笑了笑。

看著他們的小怪，邊坐下來邊點頭想著，小妖確實來過。在昌浩三歲前，這個家並沒有佈設結界。

曾有邪惡之輩差點把昌浩推下水池，晴明就是在那時候佈下了結界。在那之前，所有小妖都可以自由進入府內，晴明的妻子還活著時，每天都鬧得雞飛狗跳。

『她最討厭妖魔鬼怪之類了……』

被青龍一瞪就全身發抖，不管怎麼安撫她說沒事，她還是躲在晴明背後不肯出來。

晴明每次都會把這件事拿來當下酒菜，說給大家聽。

晴明是經過很長一段時間之後，才能這樣把關於亡妻的回憶說出來。

『今天特別准你進來，因為這三天是我的凶日，我必須待在家裡不能外出。』

昌浩坐在蒲團上，把小妖放在他前面，說得口沫橫飛。小妖也咿咿喔喔地回應得很熱烈，但是不是全聽懂了，值得懷疑。

『說吧，你來做什麼？』

昌浩雙手環抱胸前，小妖也學他那麼做，開口說：

『哎呀，我們想你最近晚上都沒出來，一定缺乏資訊，所以大夥兒討論過後，決定

派我做代表來通知你現況。』

昌浩一臉有話要說的樣子，低頭看著小妖，但是又無言地點了點頭。

那雙眼睛訴說著千千萬萬的不滿，所以小怪撇開視線假裝沒瞧見，用前腳輕輕擦拭眼角。昌浩都清楚看見了，小怪的肩膀還微微抖動著。

抗議不是用言語，而是用行動。

昌浩把放在桌上的書本骨碌骨碌捲起來，往小怪毫無防備的後腦勺敲下去，完成他的報復，再面向小妖，催它繼續說。

『現況如何？』

『我很想告訴你天下太平，可是……好像有詭異的百鬼夜行正靠近京城，外來的傢伙都說，最好保持警戒。』

這個百鬼夜行，看起來特別幽黑凝滯，不時發出叫嘯聲，拖著沉重的步伐，給人陰森恐怖的感覺。

小妖這麼說。但是聽了它的描述，恐怕很難百分之百想像出那個畫面吧？

昌浩和小怪不由得面面相覷。

『小怪，你聽懂了嗎？』

『很遺憾，完全不瞭。』

我想也是。昌浩這麼說，偏頭看著小妖，小妖面有難色地說：

『嗯，也是啦。啊，不過根據最新消息，那個百鬼夜行這幾天已經越過羅城門，闖入了京城，所以等你凶日結束後，就可以慢慢去找了。』

『啊，說得也是，這是個好主意……』

差點要這麼附和的昌浩，沉默片刻後，張大了眼睛說：

『什麼?!』

小怪的陰陽講座

③『國生』是指國家形成的神話。『國讓』指在日本神話中，大國主神奉了天照大神之命，將國土獻給天照大神的曾孫『瓊瓊杵尊』，一統國家。

3

還說什麼天下太平呢！

昌浩自行中斷凶日，當晚就爬上了環繞四周的圍牆，飛快地離開了夜晚的京城。

冬天的夜晚來得特別早，還不到未時，天就完全暗了。他特意等到這個時候，穿上深色狩衣，雙手戴上手套，懷中揣著無數符咒，脖子上掛著念珠，把小怪扛在肩上，完成他的全副武裝。

『不要再把我當成圍巾啦！』

小怪在昌浩耳邊抗議，他閉起一隻眼說：

『風吹到脖子會冷嘛。』

『那就圍條綢帶啊！』

昌浩皺眉蹙眼說：『我才不要，我又不是朱雀。』

十二神將之一的火將朱雀，額頭上纏著綢帶。綢帶這種東西，原本應該纏在手臂上，但是，朱雀那一條沒有依照應有的方法使用。

『你最好少管他閒事。』小怪說得很直接，然後微微嘆口氣說：『如果你敢說什

麼，他絕對會出手。那小子從以前就是這樣，只要扯到天一，就完全變了一個人。』

啊，說得也是。昌浩想起曾經一見面就挨了他一巴掌，所以用力地點著頭，心想最好還是不要惹到朱雀。

『過完年就春天了，可是……現在還很冷呢。』

昌浩對著凍僵的手指吹氣，呼氣中的水蒸氣瞬間凍結成白色。

晚上大概不會有人想在這種氣溫下出來走動吧，路上看不到任何牛車。如果是春天或夏天、秋天，就會常常遇到牛車，要躲在角落等牛車過去。

空氣冷得刺骨，天空晦暗陰霾。在這個季節，如果放晴，西方天空會在冰凍的寒風中綻放出耀人的月光。

十一月下旬下過一次雪，但是積雪沒幾天就融化了。京城下的雪不會像北方那樣堆砌成硬雪，很快就消失了。晴天的日子也會飄起雪花，但是不會堆積。

『祂說貴船已經白茫茫一片了呢。』

小怪自言自語般喃喃說著。

昌浩停下腳步，心想：小怪說的『祂』是哪號人物呢？

『小怪，你說的是誰啊？總不會是……不會吧？』

『沒錯，就是高淤神……昌浩，你不必想太多，反正想也沒用。』

在黑暗中都可以看出昌浩的臉瞬間變得蒼白。小怪抬頭看著他，嘆口氣安慰他。但是，完全無法撫平當事人的心情。

昌浩抱頭苦思：啊，怎麼辦？都還沒去正式問候祂。

他就是這樣，對某些事特別講道義。

兩手指尖相互搓揉的昌浩，突然停下了腳步。

風向變了。

小怪也注意到了，它從昌浩的肩膀一躍而下，夕陽色的眼睛閃閃發亮。

是小妖們所說的——詭異的百鬼夜行。

形狀並不鮮明，跟一般妖魔不一樣。就像裝了水的大皮袋在滾動，感覺糊糊稠稠，沒有一定的形狀。

地點是左京南側，再過來就是朱雀大路了。

異樣的風在刺骨的寒冷中颼颼吹著，那東西正一點一點靠近昌浩他們。

很近了，小怪嚴陣以待。

同樣調整好呼吸的昌浩，聽見有人在叫他，便回過頭去。

背後是無止盡的黑暗，雖然使用暗視術可以讓視界形同白天，但是，黑暗還是黑暗。

那片黑暗中，有什麼東西。

昌浩屏息凝視。小怪仍在他腳下注意著前方，所以，他可以集中精神看著背後。

某種東西飄搖地慢慢移動著，很虛弱、很脆弱，彷彿隨時會消失在異樣的風中。

昌浩的表情緊張起來，那東西虛弱得幾乎看不見，必須使用法術讓它具象化。

……

若隱若現掠過耳中的聲音，也微弱到被幾乎被風挾走。

昌浩追蹤那個影子好一會，可是，風向一變就看不見了。那個影子虛弱到以他的『眼睛』捕抓不到，那是死人的幽思。

是沒有死靈那麼強烈，但也無法完全消失而徘徊不去的幽思。

『啊……』

昌浩的視線被低啞的驚叫聲拉回到小怪身上。

『怎麼了，小怪？』

『來了一個我們不想見到的人。昌浩，快躲起來。』

嚴陣以待的小怪突然直立起來，蹬蹬蹬跑到昌浩後面，把他推到牆角。

『咦，怎麼了？』

昌浩轉過頭一看，跟剛才的小怪一樣，發出了低啞的驚叫聲：

『啊……』

使用暗視術，在黑夜中眼力也很好的的昌浩，看到藤原敏次拿著火把走在上風處的街道上。

八成是因為這個正在夜巡的直丁請凶日假，害得敏次只好在年關將近而雜務暴增的陰陽寮加班，現在才踏上了歸途。昌浩想起，他家好像就在附近。

『被他發現就慘了。』

『絕對會很慘。對了，我的女朋友嫌疑都還沒洗清呢！』

昌浩抱著小怪，慌張地躲在牆角，等敏次走過去。

但是，兩人不由得面面相覷。

從敏次走的那條路吹來了異樣的風，而且氣息比剛才更強烈了。

『不會有事吧？』

『嗯，敏次在陰陽生中算是頂尖好手……只要不是太難纏的東西，他應該都可以收服吧。』

小怪皺起了眉頭，昌浩以肯定的表情回應他。但是，很清楚紙上談兵與實戰之間有多大差異的小怪，閉起一隻眼睛嘟囔著。

小妖都特地來通報了，可見難纏的可能性很高。

『為了預防萬一，最好還是跟著他。走吧，昌浩。』

『嗯。』

寒風颼颼襲來，敏次不由得縮起了脖子。

『好冷……』

說出來會更冷，所以他忍住不再說，可是，冷還是冷。

兩個直丁之一的安倍昌浩因為凶日請假在家，所以很多雜務沒人做。從夏天到秋天經常請假的昌浩，自從做好健康管理後，最近幾乎沒請過假了。

只要按時來上班，再小的瑣事，昌浩都會欣然去做。雖然他偶爾也會犯錯，但是，錯在自己時都會坦然道歉。

陰陽寮和其他省廳的人都說他是個認真的好少年，對他的評語非常好。

『那麼晚才行元服禮，應該也是因為常生病吧……』

敏次突然皺起眉頭，停下腳步。

風不對勁，出奇地沉重。剛才的刺骨寒氣轉弱了，好像混入了什麼東西。

一股寒意猛地竄上背脊。

黑暗的彼端有什麼東西。某種來歷不明的東西，正逐漸靠近。既然眼睛看不到，那

麼絕對是異形。

他自知感應能力並不強，現在卻全身都可以感覺到這股妖氣。即使逃走，人的腳也比不上異形的速度。

最近的生活一直很平靜祥和，原來只是棲息在這個京城的異形暫時匿影藏息而已。遇到異形是很危險的事，現在的自己又沒有攜帶驅魔道具，真碰上了，搞不好魂魄就會被奪走，身體也會被吃掉，生命就這樣結束了。

『別開玩笑了……』

敏次安撫猛烈跳動的心臟，調整呼吸，立刻熄滅火把，用雙手打出手印。

以前，曾經有個仙女救過自己的命。她挺身而出，救了被怨靈包圍、陷入險境的自己，在與她重逢之前，自己絕不能死。

『……』

敏次在口中低聲唸著真言。

幾十年前，大陰陽師安倍晴明年幼時，有一次陪同師父賀茂忠行外出，遇上了百鬼夜行。忠行立刻施行了隱形術，所以他們一行人都沒被發現，因此逃過了一劫。

『……！』

風中挾帶的妖氣增強了好幾倍，同時，敏次的身影也融入黑暗中看不見了。

躲在角落偷看的小怪，皺起眉頭說：

『嗯……差不多四十分。首先，他發現得太慢，啟動法術也花了太多時間，如果是晴明，只要一眨眼工夫就消失了。』

『誰都比不上我爺爺吧？』

苦笑著回答後，昌浩立刻繃緊了神經，表情嚴肅。

很近了。從黑暗的彼方，傳來某種東西黏黏答答滾過來的怪異聲響。

突然，昌浩聽到近似風之呢喃的微小聲音。他回過頭，瞇起眼睛細看，發現前面有個朦朧的『影子』。

『你迷路了嗎？』

看似不知該往哪裡走，很徬徨的樣子，影子扭來擺去地飄浮著，發出微弱的聲音，不斷重複訴說著什麼。

『來了。』

聽到小怪尖銳的聲音，昌浩猛地回過頭來。

『是百鬼夜行——？』

他疑惑地問，瞇起了眼睛。

看起來像是百鬼夜行，可是顯然跟昌浩和小怪至今見過的不一樣。

可以看出是什麼東西的聚集體，但是整體覆蓋著黏滑的黑膜，看起來很像一大團。乍看之下，完全無法得知是哪些怪物？有多少數量？

『那是什麼東西啊？』

用力擺頭甩尾的模樣，就像一條黑色大蛇。

大蛇？昌浩猛地張大了眼睛。它散發出來的氣息或其他特徵，都跟前些日子在京城出現的那條大蛇不一樣，但是昌浩的心頭就是顫動不已。過去在沒有任何資訊的情況下，他的直覺一向滿準的，現在直覺告訴他，兩者之間應該有關係。

『敏次那傢伙隱藏得不錯，應該不用擔心。』

小怪低聲說著。它很討厭敏次，但是，再討厭也不想親眼看到他被異形吃了。小怪的本性是神將，神將的職責是保護人類，道義和感情是兩回事。

昌浩點點頭後，發現像蛇的怪物突然停止了動作，趕緊屏住氣息。怪物似乎是在搜尋什麼，前端窸窸窣窣蠕動著。

此時，在昌浩背後漫然徘徊的『影子』，開始飄向其他地方，氣息逐漸淡去。

就在這時候，詭異的怪物沙沙地波動起來，突然改變方向，發出強烈妖氣朝著昌浩他們來了。

被發現了嗎？

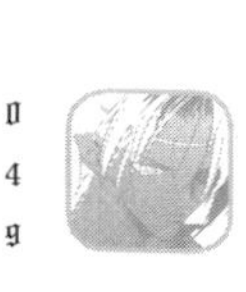

昌浩和小怪緊張起來。乍看像條大蛇的黑色怪物，散發出來的妖氣，是由數不清的妖魔氣息層層重疊集結而成的。那個黏答答的黑膜下，聚集著無數妖魔，但是各自的形體飄忽不定。

無助而虛弱的『影子』消失在風中。怪物的前端——就在還殘存著一點氣息的地方——用力往上挺直，活像有生命的刀槍向前衝刺，但是撲了個空，便咆哮著恢復了原狀，看都沒看躲在旁邊的昌浩他們一眼。

昌浩瞇起了眼睛說：『它是在追那個影子嗎？』

『好像是，不過……』小怪停頓一下，動動耳朵接著說：『那個「影子」應該不怎麼好吃吧？』

部分妖魔會吃人，肉、血、五臟內腑都是美食佳餚。但也有部分妖魔對肉體沒興趣，只吃人類的靈魂。小怪也不知道靈魂是什麼味道，不過聽說對有此癖好的妖魔來說，是無上的美味。

『剛才那個「影子」比較接近魂魄而不是幽靈。』

靈體的存在，就像包覆魂魄的軀殼；一般所謂的幽靈，就是指靈體。昌浩看得到幽靈，但是，還沒有能力看到魂魄。

詭異的夜行團，繼續黏答答地追著『影子』，轉眼間就消失不見了，真的很突然。

『那影子是被百鬼夜行追得四處逃亡嗎？』

昌浩滿臉狐疑，小怪搖搖頭說：

『誰知道呢？對了，昌浩，大事不好了。』

『咦，怎麼了？』

『敏次那傢伙嚇得腿都軟了，怎麼辦？』

小怪用鼻尖指給昌浩看，只見敏次已經使盡渾身力量，雙膝跪地，滿臉蒼白地喘著氣，全身虛脫無力。

第二天，因為凶日乖乖窩在家裡整理書的昌浩，被回到家的吉昌叫去。

『……所以，陰陽生提出了收服的請願書。』

『哦，這樣啊……』

昌浩滿臉讚佩地看著吉昌。

昌浩和吉昌、小怪正圍繞著火盆而坐。這裡是吉昌和露樹的房間，角落跟昌浩的房間一樣堆滿了書。

吉昌說，他一到陰陽寮，以敏次為首的陰陽生們就向他提出了收服百鬼夜行的申請。

平安京原本就有很多異形，但是，據說敏次昨天遇到的百鬼夜行特別不一樣，潛藏著某種讓人覺得不能坐視不管的東西。

除了敏次的證言外，還有好幾個殿上人說看到可怕的影子，所以，陰陽寮已經開始檢討、搜尋並收服百鬼夜行。

『看昨晚的情況，我就知道會演變成這樣……不過，果然不出我所料，敏次那傢伙動作還真快呢！』

小怪一副受不了的樣子，吉昌點點頭說：

『他就是這麼認真的人……不過，騰蛇大人，你說昨晚是……』

小怪心想『糟糕』，挺直了背。吉昌狐疑地將視線移到昌浩身上，發現昌浩整個人傻住了。

吉昌半瞇起眼睛，看著小怪和昌浩好一會後，輕輕嘆了口氣。

『倘若如請願書上所說，那個詭異的百鬼夜行正在京城橫行，那麼，絕不能放任不管。』

敏次控訴說，與他擦身而過的百鬼夜行所釋放出來的妖氣非常可怕，如果是一般人，心臟恐怕會受不了衝擊而停止。自己使用了隱形術，才幸運逃過了一劫，但是一般人無法這麼做，非常危險。

在陰陽生中，藤原敏次是數一數二的實力派。不但深受同僚愛戴，也頗得上司信任，吉昌也特別欣賞努力修行而練就了驅魔能力的他。

『而且……』吉昌瞥了小兒子一眼說：『連凶日該待在家裡某地方的某人，好像也碰上了那個百鬼夜行，可見到處都傳出了這樣的消息，所以必須認真思考對策。』

小怪和昌浩同時望向別的地方，眼神閃爍游移。

吉昌微微苦笑，將雙手環抱胸前。

『因為要先確認是不是每天出現，所以陰陽寮的人會輪流跟京職、檢非違使一起夜巡。』

小怪和昌浩裝出一副很驚訝的樣子說：

『哇，很像某地方的某人會做的事呢！』

『真的呢，很像某地方的某人，哈哈哈！』

『就是啊。我不說是誰，但是最好小心一點，不要被陰陽寮的人看到，蒙受不白之冤。』

昌浩看著在小怪面前裝傻的父親側臉，心想真是有其父必有其子啊。

哎喲，今天很冷呢——小怪裝模作樣地說，把手伸向了火盆。就是啊——昌浩也這麼應和他，摩擦雙手。說得也是，外出時要多穿點衣服，不要感冒了——吉昌這麼說，

把手伸進了袖袋裡。

看在旁人眼中，就像一幅和樂融融圍著火盆的親子圖。

這時候，彰子進來了。

『吉昌大人、昌浩、小怪，晚餐準備好了。』

回過頭來的三人中，只有吉昌回說：

『這樣啊，我們馬上就去。』

面對足以當他女兒的彰子，他總是彬彬有禮，因為他知道彰子的身分。不過以他的性格，即使不知道也會謹守禮節吧。

吉昌先行離去後，昌浩和小怪面面相覷。早想過可能被發現了，結果真的露出馬腳，那以後是不是該一一呈報呢？

可是如果父親明知道有這回事卻故意放行，會不會反而受到連累呢？昌浩隱瞞所有人外出夜巡，是不能公開獎勵的事。

京城有保護居民、防止犯罪的公家機關，那就是京職和檢非違使。至於咒術方面則由陰陽寮負責。

『怎麼了？』

彰子露出疑惑的眼神，在昌浩旁邊坐下來。雙手在火盆邊取暖的昌浩，點頭和她打

招呼。

『我知道不該擾亂秩序，可是……』

昌浩嘆口氣，表情蒙上了陰霾。

在陰陽寮，昌浩是最基層的直丁，做的全是雜務，沒有任何與陰陽師相關的工作，所以他覺得自己不該說什麼大話。

『發言要看立場，像敏次那樣的陰陽生，有某種程度的實績，所以他的發言會受到正視。總之，就是要有官方紀錄的實績。』

小怪淡淡地說。

所以，昌浩的發言沒有重要性。

看到彰子滿臉困惑，昌浩面帶難色地說：

『最重要的是要有看得到的實績，就這點來說，敏次有他的正當性。』

昌浩再怎麼奔波、再怎麼拚命擊退異邦妖魔，都沒有人知道。

小怪嘆了口氣。

『太出鋒頭就會招忌，為了明哲保身，最好不要多說什麼。可是以你的個性，又不可能放任不管。吉昌知道了，不但沒深究，還叫你小心不要被懷疑，所以，他的意思應該是「想怎麼做就怎麼做」吧。』

『啊，原來如此。』

想通後，昌浩像放下了心中的大石頭般。總之，不要讓父親操心就對了。

『又發生了什麼事嗎？你還好吧？』

彰子擔心地問，昌浩笑著搖搖頭說：

『沒有啦，我只是在想，還是往上爬一點會比較好。』

不過老是這樣為所欲為，要往上爬恐怕很難。

但是想盡情做自己想做的事，還是得往上爬。

『好辛苦。』

昌浩抓抓後腦勺，深深嘆了一口氣，這才想到，難怪爺爺能鞏固現今的地位。他身為藏人所陰陽師，不必到陰陽寮出仕，卻可維持一定的影響力和存在。

默默聽著的彰子，一手撐著臉，陷入了思考。

『說得也是……出人頭地往上爬，責任會增加，但是自由度也會增加。為了將來著想，這樣的確比較……』

『沒錯，為了將來著想，昌浩還是需要相稱的地位。』

小怪曖昧不清地這麼說著，笑了笑。昌浩和彰子摸不著頭緒地看看小怪，然後彼此對望，不解地說：

『將來？』

『相稱的地位？』

但是小怪沒再說什麼，光是笑，夕陽色的眼睛調皮地閃爍著。

那一晚，昌浩和小怪跟平常一樣，奮力爬上圍牆，跳到外面。

『堂堂正正從大門走出去也沒關係吧？』

『可是，我總覺得還是要遵守某種分際。』

『會有愧疚感嗎？』

『啊，說得好。』

兩人往昨晚撞見恐怖百鬼夜行的朱雀大路走去時，昌浩突然想起那個奇怪的『影子』。

那是飄來飄去好像在尋找什麼的徬徨靈魂，總有一天，連勉強存在的意念也會消失，被風吹往虛空，從此灰飛湮滅。

他到底在找什麼呢？昌浩很想知道。那聲音彷彿在對自己訴說著什麼，如果自己的通靈能力再強一點，說不定可以傾聽他的訴說。

他想，自己得更努力修行才行，不能像現在這樣到了必要時才後悔：『啊，早知道

就好好修行了。』

就這點來說，敏次這個人是很值得尊敬。

『他是個好人，只是有點鑽牛角尖。』

寒風吹來，昌浩一陣哆嗦，低頭看著蹬蹬蹬走在腳邊的小怪。注意到昌浩視線的小怪，似乎感覺到什麼，與他拉開了一段距離。

『喂！小怪，你那是什麼態度？』

『少囉唆，我很清楚你在打什麼主意，晴明的孫子。』

『不要叫我孫子！有什麼關係嘛，小怪，你那身毛皮是裝飾品啊？』

『我變成這個模樣，不是為了那種目的！』

在夜深人靜的五条大路，人類看不見的小怪和一個凶日應該待在家裡的少年，嘰哩呱啦地吵了起來。

隱身在不遠處的六合，只覺得他們是一個半斤一個八兩，事不關己地冷眼旁觀。

兩人甚至停下腳步，吵得愈來愈兇，已經習慣的六合無奈地看了看四周。

他們每次的爭吵都沒什麼建設性，純粹只是逞口舌之快——會這麼想的人恐怕不只六合。說得白一點，就是覺得『還真是吵不厭呢』。可是對昌浩和小怪來說，這似乎是溝通想法和情感的必要過程，所以六合不會管他們。

因為隱形的關係，一般人看不到六合。如果有彰子那樣的通靈能力，就能看得一清二楚，但是連晴明的兒子吉昌都看不見隱形的神將。

五条大路有八丈多寬，昌浩他們走在正中央。

六合發現風向變了，嚴肅地瞇起了眼睛。

吵架吵得很沒營養的昌浩和小怪也察覺了。

『是朱雀大路……』

昌浩喃喃說著，衝了出去，小怪也立刻跑了起來。

跟在他們後面的六合，突然像雙腳生了根般，杵在原地。

有氣息。

他認得這個氣息，是清澄而冷冽的靈氣。

六合猛地回過頭去。

四丈遠的土牆上佇立著一個白影。

——！

六合隱形窺探對方，他不確定那個女人的『眼睛』是否好到看得見自己。

像彰子那樣的通靈能力很少見，光憑『眼睛』來說，彰子算得上是當代第一，她連飄逸的些微神氣都能精確地掌握到。

佇立在土牆上的風音環顧四周，輕輕嘆了口氣，好像在尋找什麼。看她那樣子，完全沒有發現隱形的六合。

一陣振翅的聲音啪沙響起，風音伸出手來，一個漆黑的影子飛落在她手上。是隻雙頭烏鴉，低聲鳴叫著。

烏鴉張開鳥喙時，可以清楚看到風音一陣顫抖，聳起了肩膀。

『……知道了嗎？』

從鳥喙發出來的，不是烏鴉的叫聲。因為不時分岔龜裂，聽不太清楚，但是，可以確定是男人的聲音。

風音沮喪地垂著頭。烏鴉閉上鳥喙，移到風音肩上。右頭跟發出男聲的左頭不一樣，將鳥喙貼近她的臉頰，彷彿在安慰她。

微微響起的烏鴉叫聲跟一般烏鴉不一樣，而是低沉的鳴叫聲。風音淺淺笑著，一身輕盈地跳入黑暗中，消失不見了。

六合呆呆杵立著。

風音企圖殺害六合的主人安倍晴明，剛才的她確實有破綻，只要攻其不備，就能輕易打敗她。但是神將不能傷害人類，唯一能做的就是拘禁。

可是，現在的六合連那樣都做不到，彷彿受到什麼咒縛，全身僵直。

從左邊烏鴉的鳥喙發出來的聲音……

他永遠也忘不了，那是……

『該不會那男人……？』

六合不太流露感情的黃褐色眼眸震撼地搖曳著。

往上風處奔馳的昌浩和小怪快到朱雀大路時，突然停下來，躲到陰暗處。

心臟猛烈跳動，不是因為跑得太快，而是因為其他理由。昌浩一邊拚命安撫撲通撲通狂跳的胸口，一邊窺伺狀況。

多虧有暗視術，視界非常清楚。雖然離大路另一頭還很遠，但是昌浩不但健康、視力又好，所以，立刻看到有一群手上拿著火把的人。

不由得跟昌浩一起躲進陰暗處的小怪，皺起眉頭，歪著脖子說：

『不對啊，幾乎所有人都看不見我，我幹嘛要躲咧？』

『啊，我也這麼覺得……小怪，你正好去幫我聽聽看那一群人在說些什麼。』

小怪抬頭看著昌浩。對了，順便提一下，小怪站在昌浩正前方。

『咦？好麻煩哦。昌浩，你乾脆像昨天的敏次那樣用隱形術，自己去打探消息嘛。』

『如果有陰陽生在，搞不好會被拆穿。我們是私下行動，萬一被發現，會連累到我父親，所以一定要儘可能躲在陰暗處秘密行動，不能留下證據。』

『嗯，好像兩個壞人的對話。』

小怪半瞇起眼睛叨叨唸著，昌浩也用力點頭表示贊同。

朱雀大路約二十六丈寬，就算以昌浩的視力，也無法看清楚每一張臉。

有三個人拿著火把，加上其他沒拿火把的人，一共七個人共同行動。拿著火把的人看似全副武裝，應該是京職或檢非違使，那麼其他四個人可能是陰陽寮的人。

小怪從陰暗處出來，挺起身子，把前腳搭在眼睛上方，邊嘟囔著：『嗯——』邊鎖緊眉頭仔細看著前方。

『啊，是敏次，他今天又出來了，好辛苦，真有精神呢！』

可能因為撞見的人是他，所以他就帶頭出來巡視了。他的確是個認真又熱心工作的人，但是過度努力會導致疲累。

『工作得太疲累，身體可會撐不住哦。』

『我真的覺得敏次很偉大呢。』

昌浩從陰暗處探出頭來，把手搭在眼睛上，喃喃說著。但是在一旁聽到這句話的小怪，背著昌浩苦笑了一下。

它暗自抗議：不，昌浩，你瞞著所有人，拚了命到處奔波，而且從不哭訴或埋怨，敏次絕對比不上這樣的你。

小怪不願說出口，是怕以言語來形容，會把昌浩至今的行動都變得庸俗了。

一陣風吹向巡視的那群人。風是來自朱雀大路南方的羅城門彼方。從這裡看不見門的位置，就是從那裡飄來了異樣的妖氣。

一股寒意伴隨著緊張，窸窸窣窣地掠過背脊，全身起了雞皮疙瘩，耳朵深處響起清脆異常的心跳聲。

『來了──』

藤原敏次跟在壯年的檢非違使後面，緊握著纏繞在左手上的念珠。

昨天是在沒有任何準備的狀態下撞見了百鬼夜行，所以只能隱身躲過去。但是今天不一樣，有陰陽生同僚，還有腰際佩戴刀劍的檢非違使與他同行。

為了京城居民的安寧，必須在這幾天內收服那個百鬼夜行。

新來的女御才剛入宮一個月，也就是十二歲的藤壺女御，說她年輕，還不如說稚嫩來得貼切。

敏次聽赤染衛門④說，這位女御聽到有百鬼夜行出現，非常害怕。赤染衛門是他父

親的知己，認識服侍藤壺的侍女，所以託他的福，敏次覺得自己跟女御的關係比跟中宮親密。以『親密』來形容，似乎有些踰矩，但是敏次找不到其他形容詞來取代，所以一直把這樣的感覺埋藏在心底。

『藤原大人，你是在這一帶碰到了那個百鬼夜行嗎？』

帶頭的檢非違使回過頭問，敏次點點頭，小心地觀察四周。

『是的，也差不多是這個時候。為了謹慎起見，我白天還用竹籤占卜過，結果顯示今天出現的機率相當高，所以請小心……』

敏次的話還來不及說完，旁邊的陰陽生同僚就發出了短促的尖叫聲。

『那是……』

敏次往他所指的方向望過去，屏住了氣息。

是昨晚的百鬼夜行，濃稠的黏膜籠罩全身，看不清楚全貌，但是，可以確定是昨晚那個百鬼夜行。

『就是那個，果然出現了！』

『什麼?!在哪？真的有一群怪物嗎？在哪？』

檢非違使爭相詢問，敏次從懷裡抽出幾張符咒，塞給他們。

『請拿著符咒，這是驅魔符咒，只要有這個，即使被妖氣包圍也能保命。』

敏次把檢非違使的人身安全和掩護任務交付同僚後，自己衝向了百鬼夜行。
百鬼夜行好像在尋找什麼，緩緩前進，邊巡視周遭狀況，邊把濃稠的黏膜當成觸手般擴張開來，摸索著確認道路。
好幾隻觸手的其中一隻，突然用力翻騰起來。不知道是不是找到了目標，百鬼夜行停下腳步，看準了哪裡似的笨重地改變了方向。那樣子就像沒有殼的大蝸牛蠕動著。
敏次站得四平八穩，打出了手印。
『邪靈啊！——』
『哇，好像很大隻的鼻涕蟲。』
『說蝸牛嘛，害我滿腦子都是那個畫面。』
小怪對昌浩簡潔的感想提出抗議，然後定睛觀看百鬼夜行瞄準的目標。跟小怪一樣投注視線的昌浩，看清楚那個目標後，微微張大了眼睛。
『那是……』
那是昨晚看到的微弱靈魂，彷彿就要消失般，飄呀飄地徘徊著，那波動眼看著就要灰飛湮滅了。
百鬼夜行在追他嗎？

『為什麼呢？那樣的靈魂不夠吃吧？』

『靈魂好吃嗎？有肉的人類吃起來口感比較好吧？』

聽到昌浩這麼率直的疑問，小怪露出不知如何回答的苦澀表情，心想：多麼率直的想法啊，就某個角度來說還有點恐怖呢！

背後出現微弱的氣息，昌浩頭也不回地詢問那個氣息的主人：

『六合，發生什麼事了？』

六合沒有回答，昌浩無法判斷他是無事可回報？還是不想說？

昌浩回頭一看，六合現身了，但仍極力壓抑自己的神氣，如果沒有通靈能力，可能還是看不到他的身影。

『你的表情好可怕，怎麼了？』

昌浩又問，但六合只是沉默地看看他，然後把視線轉向小怪。回過頭看的小怪感受到他的視線，不解地皺起了眉頭。

『怎麼了？幹嘛一副有口難言的樣子？』

『騰蛇，你……』

六合才說到這裡，就被尖叫聲打斷了。

『哇啊啊啊！』

昌浩和小怪趕緊往前看過去。

那個詭異的百鬼夜行——披覆著黑色黏膜、像大蛇一樣的怪物群，正向四面八方擴展開來，包圍檢非違使等人，步步逼近他們。

敏次站在稍遠的地方，用驅魔咒法拚命彈開企圖圍住他的黑膜。

昌浩瞪大了眼睛說：『糟糕，這樣下去所有人都會被吃掉！』

正要衝出去時，六合從背後抓住了他的手臂。小怪繞到昌浩面前說：

『慢著，你現在衝出去，即使救了他們，也會被逼問來這裡做什麼！』

小怪這句話狠狠地摑了昌浩一巴掌，他猛地倒抽了一口氣。

他是在凶日偷跑出來，所以不但自己會惹禍上身，還會連累吉昌。

昌浩握緊拳頭，看著被百鬼夜行攻擊的陰陽生們。

檢非違使拔出刀來用力揮舞，但是一般的刀完全傷不了百鬼夜行。黏滑的觸手兩三下就奪下了刀，砍入觸手的刀刃轉眼間就碎裂了。

陰陽生們緊握符咒，打出手印，拚命唸著真言，但是，已經失去原來面貌的怪物還是逐漸逼近他們，濃稠的黏膜大大擴展開來，像嘴巴一樣。

會被吃下去——

他們凍結的喉嚨再也唸不出神咒或真言，嚇得縮成了一團。在他們面前展現出壓倒

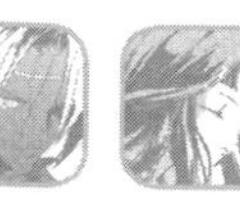

性強勢的百鬼夜行，眼看著就要撲上去了。

只有敏次一個人在應戰，但是他遲早也會被吞沒。沒了形狀的百鬼夜行一咆哮，他的神咒就被消滅了。

『不行，我不能不管他們！』

昌浩焦慮地大喊，正要甩掉抓住自己手臂的六合的手時，眼角突然閃過一個黑影。是隨風飄搖的深色長布條。

『六合，那條布一般人也看得見吧？』

『啊？這條布本身具有力量，所以，只要你希望那樣的話……』

『借我！』

這麼說之前，昌浩已經抓住六合身上的長布條，用力扯下來，在目瞪口呆的六合和小怪面前把布條披在身上，甩開六合瞬間放鬆的手，衝了出去。

小怪啞然看著這一切。

『那身打扮好像哪裡來的夜賊……』

它記得看過用一大塊布裹住臉和上半身的人，拿著大刀威脅旅人。

滿臉無奈的小怪正要追上昌浩時，被六合叫住了。

『騰蛇……』

那聲音聽起來出奇地僵硬、嚴肅，教小怪無法漠視。

它回過頭，看著六合。六合單腳蹲下，露出難得一見的緊張表情說：

『岦齋還活著。』

夕陽顏色的眼睛震盪著。

六合的眼睛不會說謊，也沒有理由騙人。

『怎……怎麼可能?!』

小怪的眼睛張得斗大，用嘶啞的聲音叫喊著。六合用缺乏抑揚頓挫的語調接著說：

『我聽到了聲音，那的確是岦齋的聲音……那傢伙還活著。』

小怪的陰陽講座

④赤染衛門是日本古代傑出的女詩人，曾侍奉藤原道長之妻倫子及女兒中宮彰子。

4

『嗡波比旁巴達巴哩、巴夏哩達拉罕多馬旁巴哩咕、波達參馬拉……哇啊！』

唸著真言的敏次，被伸過來的觸手抓住了腳而失去平衡。

烏紗帽和符咒飛了出去，握著的念珠也被扯斷，珠子散落一地。

『敏次！』

眼看著敏次就要被妖魔吃了，在另一個地方被逼入險境的陰陽生們驚聲尖叫，但是他們很清楚自己的能耐，敏次無法應付的妖魔，他們也對抗不了。

這時候，像他們這種專研陰陽道的人，一定會想起大陰陽師。

想起那個雖然已經年過七十，但是擁有現今仍以最強的咒力自豪的天賦才能，被稱為當代第一、高高在上的老人。

『晴明大人，救救我們啊！』

如果有言靈，那麼大陰陽師的名字應該也算是吧，若是叫喊出來，說不定會從哪兒冒出援手來……誰來都行，都無所謂，只要能將他們救出險境！

『嗡阿比拉嗚坎夏拉庫坦！』

銳利的咒言劃過，爆出銀白色閃光。

就要吞噬陰陽生們的百鬼夜行怪物群，瞬間炸開來。

咻咻冒著白煙、糊成一團的百鬼夜行畏懼地往後退。

『嗡巴喳拉巴咭哩霍拉曼達曼達溫哈塔、嗡撒拉撒拉巴喳拉哈拉坎溫哈塔、嗡巴喳拉嗚基尼亞凱拉夏亞索瓦卡！』

突然出現的嬌小身影，用真言通力彈開再次發動攻擊的百鬼夜行群，掀起深色長布條，單腳著地，用打出來的刀印在地上畫出一條橫線。

筆直的橫線微微發出光芒。

百鬼夜行發出憤怒的咆哮，狠狠衝向了來歷不明的術士。術士的臉藏在布條下，只能從縫隙隱約看到他張開了嘴大喊：

『禁！』

迸出來的靈力築起了看不見的壁壘。猛衝上來的百鬼夜行，個個撞得粉身碎骨。

被彈出去的怪物，黏答答地聚集起來，將目標轉向了敏次。連原本圍住檢非違使的妖魔們也轉過身來，同時朝向了敏次。

陰陽生們驚叫：『敏次！』

敏次已經作好心理準備，同時遭受這麼多妖魔襲擊，不可能活下來。

『仙女啊……！』

突然高高舉起手的敏次，被湧上來的妖氣捆住了，陰寒的冷風颼颼掠過他的臉頰。

就在那一剎那，颳起了灼熱的疾風，一道銀白色閃光從他眼睛的縫隙貫穿眼前。

那是強烈的神氣，迸射開來，震懾了敏次的身軀。

他膽戰心驚地張開眼睛，看到了這樣的光景——

兩個修長的身影站在他眼前。一個是黑色長髮在火焰映照下飄揚，手上拿閃爍著銀白色光芒的長槍的年輕人，刀刃一揮，撲上來的異形就被砍成兩半，發出痛苦的呻吟聲消失殆盡。另一個身影是……

敏次一陣愕然，他認得這個身影。他永遠忘不了那淒絕、可怕的通力——那身影正是十一月下旬時，出現在皇宮內的大紅鬼。

凍結般僵硬的敏次，把視線轉向同伴們，想看看他們怎麼樣了。

一個嬌小的身影正與其他妖魔對峙。已經失去形狀但仍具有意志的那個黏滑體，伸出了觸手，伺機而動。

敏次拚命掙扎，企圖掙脫恐懼的咒縛，他不能把同伴們交給那個分不清是敵是友的傢伙。

這個來歷不明的術士，力量跟恐怖的百鬼夜行不相上下——哦，不，力量比百鬼更

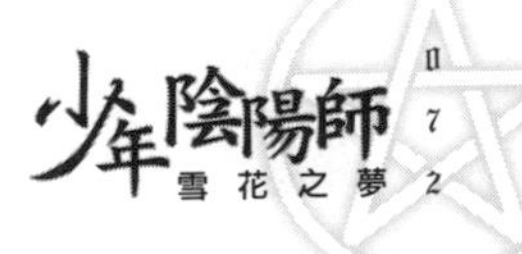

強大，而且還帶著應該是他部下的兩隻鬼。

周圍充斥著強烈的妖氣、清涼的神氣和撼人的靈氣，捲起了重重漩渦。

從未遭遇過如此恐怖事件的陰陽生們，早已撐到極限，昏過去了。

昌浩用眼角餘光確認狀況後，悄悄喘了一口氣，接下來只要佈下保護陰陽生們的結界就行了。

他一步步靠近他們，打出手印。

『咦？』

突然，一個『影子』掠過視野一角。昌浩的眼睛不由得追著影子跑。

是那個微弱的靈魂，可能是受到神氣與妖氣交雜的狂流影響，形狀愈來愈清晰了。

是個年輕男子，年紀跟昌浩的哥哥成親和行成大人差不多，穿著沒見過的老舊、寒酸的衣服，模樣憔悴得令人看了真不忍心。

他與昌浩的視線正面交會後，安下心來似的垂下了眼角。

……找到了……

昌浩的注意力一時被那個影子拉走，百鬼夜行當然不會錯過這個機會。而掙脫咒縛的敏次，也同時打出了手印。

敏次的目標不是百鬼夜行，而是昌浩，因為他不能放過來歷不明的術士。

紅蓮發現後，立刻召喚火焰蛇。當六合回過頭看時，火焰蛇正狂扭竄起。

但是，敏次的法術比紅蓮的火焰蛇快一步完成。

『邪靈啊，邪靈啊，快回去吧，回到你原來的地方！』

靈力的狂流激烈地扭擺著，撲向了昌浩。

『不會吧?!』

昌浩不由得大叫，這個狀況完全出乎他意料之外。

百鬼夜行為了閃躲敏次的攻擊，暫往後退。紅蓮和六合同時採取了行動。

紅蓮的火焰蛇捆住了百鬼夜行，六合的長槍隨後砍向妖魔們。

昌浩反射性地向前一步護住靈魂，對空畫出了五芒星。但是慢了一步，來不及了。

『——！』

敏次的法術直撲昌浩，被餘波掃到的靈魂瞬間幻滅無蹤。昌浩臉上的長布條微微滑落，幸虧紅蓮的火焰形成強光，遮住了他的臉。

『唔……！』

紅蓮差點喊出昌浩的名字，但是一想到敏次在場，立刻咬住了嘴唇。

靈力炸開來，昌浩發出慘叫聲，被遠遠彈了出去。六合一躍而起，在昌浩落地之前接住了他。

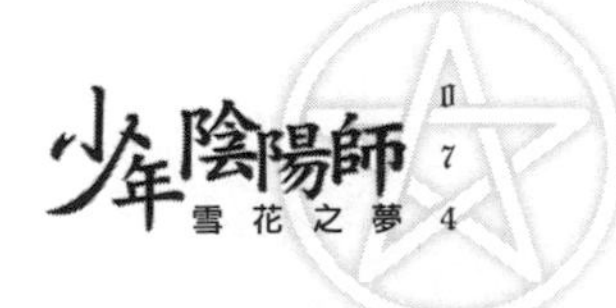

昌浩無力地閉上了眼睛。六合把手放在他嘴邊，還有微弱的呼吸，再摸摸他的脖子，還有強力的脈動，確定他只是昏了過去。

六合難得吐了一口大氣，把肺裡的空氣全吐光了，再把長布條披回昌浩身上，然後站起來看著紅蓮說：『不用擔心，他沒事。』

是即將形成的保護罩和六合的長布條救了昌浩，否則被具有相當力量的陰陽師發射出來的法術擊中，不可能安然無事。

全身血氣盡失的紅蓮，聽到六合這麼說，才勉強振作起來。他顫抖地喘著氣，偏過頭狠狠瞪著敏次。怒氣從他全身湧上來，與強烈的神氣相結合，敏次彷彿被蛇盯住的青蛙，全身僵硬。

但是，紅蓮就這樣放過了敏次，把視線轉向企圖乘機逃走的百鬼夜行餘孽。

『別想逃！』

紅蓮低聲咒罵，把不能發在敏次身上的怒氣全都發洩在妖魔身上。噴散出來的強烈神氣轉為紅色，化成無數的火焰蛇層層糾纏，勇猛前進，瞬間燒光了黏滑的百鬼夜行。

火焰燒光了所有東西，燒得百鬼夜行連碎片都不剩，消失殆盡。

敏次呆呆地看著這一切，但是，兩隻鬼帶著來歷不明的術士離開後，他馬上虛脫地跪了下來。

檢非違使們和同伴們都昏過去了，只有他一個人從頭看到了尾。

他吞了一口口水。

當深色長布條被掀起的剎那間，他瞥見了那個嬌小術士的臉。

那是還帶著稚氣的一張臉，頗像正因凶日請假的陰陽寮直丁。

敏次茫然地嘟囔著：『不會吧……不可能……』

然而，他全然沒發現，停在柳枝上的黑影清楚看到了整個過程。

黑色雙頭烏鴉稍微動了動身子，柳枝卻沒有絲毫搖晃。

左邊的烏鴉張開鳥喙，低聲咒唸：『……安倍晴明的繼承人……』

右邊烏鴉咕嚕嚕地輕聲鳴叫著。左邊烏鴉的鳥喙幾度開開闔闔，黑曜石般的眼睛瞪得斗大。

『可惡的晴明！』

✦ ✦ ✦

……吧。

咦，什麼？

……去吧。

你說什麼啊？

我聽不清楚。

讓我知道你想說什麼？想告訴我什麼？

……

說清楚啊——

✦ ✦ ✦

昌浩張開了眼睛。

頭腦還沒清醒過來，一張白色的臉就映入了眼簾，夕陽色的眼眸擔心地搖曳著。

『喂，你還好吧？認得我嗎？』

昌浩眨了眨眼睛，縮起了下顎。

『嗯，我沒事，只是頭還有點昏。』

昌浩一個深呼吸，再連眨好幾次眼睛後，用力撐起了上半身。

這才發現自己身在安倍家附近的無人廢墟裡。

『我們再大膽，也不敢把昏倒的你直接帶回家。』

小怪擺出坐姿，說得很沉重。昌浩不解地看著他，偏著頭說：

『咦，為什麼？啊，六合，謝謝你的長布條。』

不謝。六合簡短回應，從昌浩手中接過長布條，用向來面無表情的臉看著小怪的後腦勺。小怪感覺到視線，稍微動了動身子。

他們兩人一致認為，把意識不明的昌浩直接帶回安倍家，會發生大事。

首先，彰子會驚聲尖叫、吉昌會臉色發白、搞不清楚狀況的露樹會驚慌失措。然後，重點來了，晴明會把扇子往手上一拍，嘴角露出微笑。

對小怪和六合來說，最後這個最恐怖。

為了謹慎起見，昌浩用力拍拍自己的身體，檢查有沒有骨折。他不覺得哪裡痛，只覺得胸部特別沉重，好像被什麼東西卡住了。

他想，可能是肋骨出了什麼問題，可是又沒有胸部疼痛而喘不過氣來的感覺，所以應該是中了法術的後遺症。

凶日還剩一天，既然已經收服了那個百鬼夜行，明天就可以在家好好休息，應該不會影響到後天的出仕。

這麼判斷後，昌浩縱身站起來。很好，沒有異狀。他試著伸伸胳臂、前彎後仰，沒

有覺得哪裡不對勁。

小怪和六合看著昌浩，悄悄鬆了口氣。太好了，不會挨晴明的罵。

『我睡了多久？』

『那算是睡嗎……』

小怪沉吟了一下，帶著嘆息回答他。

『大概一個半時辰吧，你好像有點腦震盪，所以我們想最好不要搬動你，先在這裡看看情形。』

有一半是實話。

這樣啊。昌浩點點頭，走出外面，抬頭看著天空。

天空微陰，風也冷得刺骨，可想而知，貴船應該下雪了。

突然，眼角熱了起來。

『咦……？』

視線暈開來，出現了現實之外的影像。

雪花紛紛飄落，傳來冷風的呢喃，眼前出現被截成四角形的白光。

胸部好沉重，無可奈何的沉重、悲哀。

昌浩身子踉蹌了一下，六合從後面撐住他。小怪繞到他前面，直立起來，擔心地看著他。

『怎麼了?昌浩,你沒事吧?』

昌浩顯得有些恍惚,眨了幾下眼睛後,點點頭說:

『啊,對不起,總覺得……』

他突然想起,他看過這個光景好幾次。

那是他連日來的夢境,栩栩如生,但一醒來就不復記憶。為什麼會突然想起來呢?

『我好像……不太好,最好回去睡覺。』

『好啊,你被那個雖然修過驅魔法術,卻沒什麼實際經驗的爛陰陽師的法術擊中了,所以最好還是小心一點。』

小怪的說法,讓昌浩不由得噗哧笑了出來。

『小怪,你說得太過分啦!敏次很用功呢。』

『不,他連敵我都分不清,比現在是菜鳥,但將來應該是能幹陰陽師的你更糟。』

『六合,我可不可以當作小怪是在稱讚我?』

有點不開心的昌浩指著說得慷慨激昂的小怪,抬頭看著六合,六合避不回應。

真是的。昌浩這麼碎碎唸著,一把抓起小怪的脖子,往安倍家走去。六合隱形了,所以只聽到昌浩的腳步聲。

冬天的黎明來得慢，所以天色還很暗，完全感覺不到黎明的氣息。

『現在是什麼時候了？』

昌浩停下來觀看東方天空時，突然出現一大片黑影，小怪立刻跳離兩丈遠。

『哇，是孫子！』

『哇——！』

一個接一個冒出來的小妖，不斷跳到被壓扁的昌浩身上。

事情發生得太快，小怪看得目瞪口呆，片刻後，偷偷擦了擦眼角。

『嗚嗚，好可憐，雖然是例行公事，可是，沒想到會發生在回程上……』

平常都發生在去程上的『一天一壓』，今天似乎有些微改變。這是小妖們不管昌浩本人願不願意，每天都要來一次的日課。

『聽說你在凶日中，所以我們都沒出來呢！』

『後來聽說你出來走動了。』

『我們就趕快來啦！』

『太好了，趕上了。』

『對吧？孫子！』

老樣子，又貼心地在『孫子』的地方來了個大合唱。

『……』

大概是整個人虛脫了，昌浩就那樣被壓著，動也沒動一下，半閉著眼睛，無聲地發出了深深的嘆息。

因種種因素身心俱疲的昌浩，爬過聳立四周的牆壁進入庭院時，還差一個半時辰就黎明了。

十二月上旬，卯時過一半，太陽就會在東方天際露臉。平常這個時候昌浩已經出門工作了，但是今天休凶日假，所以可以從現在起小睡一會。

『有空閒真好。』

他脫下狩衣、褲子，匆匆鑽進了寬鬆薄衣裡，閉上了眼睛。

小怪看著脫滿一地的狩衣、褲子，搖頭嘆息，用小手靈活地幫他疊衣服，但還是有點難度，所以看不下去的六合也伸出了援手。

沒多久，昌浩就發出了規則的鼾聲，小怪坐在摺好的衣服旁，臉上的表情一變。

在這之前，小怪一直努力裝出一切如常的模樣，不讓昌浩發現有把刀正插在它心中深處。

身旁有隱形的六合氣息。

《騰蛇啊——》

呼喚聲直接敲擊著小怪的耳朵。它點點頭，瞇起眼睛說：

『嗯，我知道……放心吧。』

說完，小怪閉上眼睛，垂下了頭。

那個男人還活著，還活著。

六合說他並沒有看到那個人的身影。

幾天前有個攻擊晴明的神秘女術士風音，六合只是聽到從她的烏鴉嘴巴發出來的聲音，但是，六合應該不會聽錯。

不，晴明麾下的十二神將中，最不可能搞錯的就是小怪自己。

小怪銳利的爪子，刺進了鋪著木板的地面。

那個男人還活著……不，不可能！那傢伙已經死了，五十多年前就死了。

重大的衝擊，需要一些時間才能撫平，所以當百鬼夜行攻擊昌浩時，小怪——紅蓮的支援才會慢了半拍。

這是極大的失誤，因為自己心情的動盪，使昌浩陷入了險境。平常像敏次那樣的攻擊，他一隻手就可以瞬間摧毀了，剛才他卻來不及反應。

小怪低頭看著沉睡的昌浩，喃喃唸著：

『喂，你……』
如果知道一切，你還會呼喚我的名字，把你的手伸向我嗎？……
腦袋深處刺痛不堪。眼皮好熱，眼角好冷。
張開眼睛，只見天花板迷濛地搖曳著。
『我……幹嘛哭呢？』
他坐起來，揉揉紅腫的眼睛。那種感覺就像小時候一直哭個不停，哭到頭痛欲裂。
他做了很悲哀的夢，可是怎麼會因為一個夢，內心變得如此沉重呢？
『夢的確會有影響，可是……』
『你臉色很差呢，昌浩，眼睛都紅了。』
聽到小怪說他眼睛充血泛紅，昌浩立刻抱著頭說：
『哇，等一下要用手帕冷敷才行……』
這時候，要來叫醒昌浩的彰子進來了。
太陽已經升起，從高度來看，應該剛過巳時。
『昌浩，你起來……了……』
突然，彰子倒抽一口氣，瞪大了眼睛。

『昌浩，你帶了什麼人回來啊?!』

昌浩聽不懂她在說什麼，疑惑地歪頭皺著眉，小怪也一樣。

『彰子，妳在說什麼啊？』

小怪這麼問。彰子指著昌浩說：

『在那裡啊，一個男人，啊……小怪可能看不見。』

『什麼?!』

小怪的下巴差點沒掉下來。

彰子的通靈能力強過昌浩，甚或強過晴明。至於小怪等神將，平常不會特別去意識那種東西，所以不會注意到。

小怪趕緊回過頭去看著昌浩，集中意識。

『咦？咦，怎麼了？什麼事？』

小怪看著驚慌失措的昌浩好一會後，回過頭對彰子點了點頭說：

『真的呢！』

『對吧。』

只有昌浩一個人在狀況外，大叫著：

『到底怎麼回事嘛?!』

5

吃完早餐後，昌浩被小怪和彰子拉到了晴明的房間。

聽完他們兩人的敘述，連晴明都張大了眼睛，但是他很快瞥了昌浩一眼，恍然大悟地點了點頭說：『沒錯，潛入了很深的地方，難怪你沒發現。』

小怪滿臉苦澀地沉默著，有它跟著昌浩卻還發生這種事，是一大失誤。

昌浩乖乖坐著，晴明偏頭問他：『你都做什麼夢？』

昌浩被問得咿咿呀呀，因為每次醒來就忘了是什麼夢，所以他自己也不清楚。

據實以告後，晴明嗯嗯地點了點頭。

思考了好一會，晴明將視線轉向陪在昌浩身旁、正愁眉苦臉的彰子，露出『好爺爺』的笑容說：『彰子小姐有感覺到什麼嗎？』

話題突然轉到自己身上，彰子屏住了氣息。

『啊，我……』

『沒關係，妳說說看。老實說，妳的「眼睛」比我或晴明都可靠。』

小怪催促著猶豫的彰子。彰子驚慌地看看它，再看看晴明，晴明也跟小怪一樣，對她點了點頭。

彰子注視著昌浩——不，正確來說，是注視著昌浩體內的靈魂。

『他好像不斷說著……我想回去、我想回去，光重複這句話，一次又一次。』

哭著說他想回去。

歸去吧。

小怪抬頭看著昌浩說：『昌浩，你有什麼感覺嗎？』

『完全沒有。』

昌浩搖搖頭，問彰子：『他真的這麼說？那麼，我會哭是因為這個人囉？』

『應該是，他好像一直哭訴著他想回去。』

『回哪裡？』

『不知道……』

彰子搖了搖頭。

潛入昌浩體內的那個靈魂，只是不斷說著他想回去。

『這個人好像知道我看得到他，拚命重複著那句話。』

告訴他們，我想回去，求求妳，告訴他們。

我要回去、我要回去，所以——

『可是，他會不會是忘了要回哪裡去呢？』

彰子這麼猜想，晴明和小怪都表示同意。

原來如此，是這麼回事啊。

這個男人想回去，可是滿心只充塞著那樣的期望，卻遺落了最重要的部分。

這時候該怎麼做，晴明知道方法，但是他看著小孫子，嘆了一口氣。被嘆了這麼一口氣，昌浩不悅地開口說：

『怎麼了？幹嘛一副有口難言的樣子，要說什麼就請說嘛。』

晴明放下環抱胸前的雙手，拿起書桌上的扇子，啪一聲打開來。

瞥了昌浩一眼，老人又深深嘆了口氣，先闔起打開的扇子，再打開來。

『爺爺……如果您有什麼話要說，請乾脆一點，一次說清楚。』

口氣有點衝的昌浩這麼嗆聲。晴明看著他好一會，再將視線拋向遙遠的某處，用雙手掩住了臉。

小怪眨眨眼睛，心想：總不會又要使出久違了的那一招吧？

它趕緊不動聲色地躲到彰子身旁避難。彰子疑惑地看著它說：

『小怪，你怎麼了？』

小怪把前腳按在嘴巴上，小聲說：

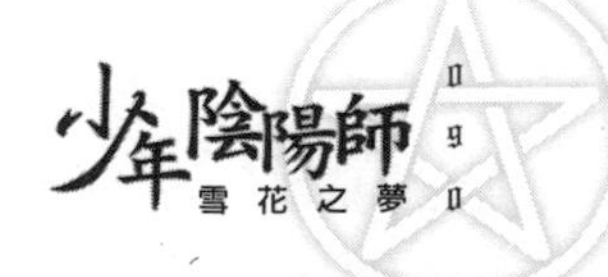

『聽我的，暫時保持沉默，不然會被颱風尾掃到。』

『咦？』

這麼反問的彰子，覺得氣氛不對，抬起頭來時，戰火已經點燃。

『唉，好沒面子、太沒面子了。我還以為你有進步了，正安下心來替你高興，沒想到你被這種來歷不明的死人附了身，還渾然不知。我不記得有這樣教過你啊，昌浩。』

『說得也是，我也不記得你有教過我什麼。』

『對了，連高淤神降臨都不知道，成何體統啊！唉！不過，對方是名列創世紀神話的神，所以也難怪你沒發現啦。』

『說得也是。』

『但是、但是……孫子啊，再怎麼樣，你也不該連醒著時都沒發現啊！爺爺好沒面子啊，眼淚都要流出來了，嗚嗚嗚……』

『是嗎？』

晴明裝出哭泣的樣子，昌浩狐疑地看著他，額頭上爆滿了青筋。

這是很久不見的祖父對孫子的無聊戰爭。

『你到底打算怎麼辦？再這樣下去，那個附身的男人會耗盡你的體力、氣力、靈力，你會啪噠倒下去啊。』

晴明用扇子指著昌浩，昌浩腦中響起某種東西清脆碎裂的聲音。

啪！

昌浩猛地站起來。

『你怎麼會知道……』

一陣暈眩……

『咦？』

昌浩突然向後仰，就那樣倒了下去，背部撞到堆積如山的書本，書啪啦啪啦垮下來，把他淹沒了。

袖手旁觀的小怪心想：不只是小妖們，連書都要把你壓扁，真可憐啊。

彰子第一次看到晴明對昌浩的舌戰，看得啞口無言，當書堆垮下來揚起漫天灰塵，她才回過神來。

『哎呀！昌浩，你沒事吧？』

她趕緊把書撥開，挖出昌浩。昌浩摔得四腳朝天，茫然地看著天花板。

他幾乎不曾像這樣在猛然站起來時頭暈。今天他有吃早餐，也有好好睡覺啊——雖然只睡了兩個時辰。對了，收服百鬼夜行時撞到了頭……可是，也沒什麼問題，平安回到了家啊。

『看吧，我就跟你說嘛。』

晴明轉了轉眼珠子，露出百般無奈的表情。

如果像高淤神那樣，趁昌浩睡著時，只在短時間內完全附身也還好，這個靈魂卻是在昌浩醒著時也滯留不去。

一個軀體存在著兩個靈魂，會對肉體造成很大的負擔。

晴明遙望著遠方，彷彿在回想什麼。

『爺爺年輕的時候也曾經因為種種原因，把住在某個湖的龍神藏在體內，那時候也整整睡了十天呢。』

『啊，對、對，若菜很擔心你，一直守在旁邊看護你，你還很開心呢。』

小怪猛點頭。晴明露出落寞的神色說：『我每天都很忙，幾乎沒有時間休息，所以想到她一直在忍受寂寞，我就於心不忍吶。』

望著用袖子按住眼角的晴明看得出了神的彰子，這才回過頭來問還躺在地上的昌浩：『若菜是誰？』

『就是我奶奶，我沒見過。』

晴明和小怪不管虛弱地躺在地上的昌浩，自顧自地開起了往事大會，所以一直隱形的天一趕緊現身說：

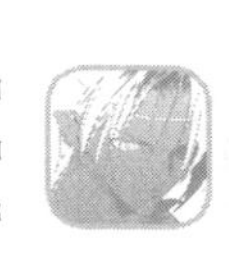

『你沒事吧？我帶你回房間，好好躺在床上休息吧，手給我……』

天一的手才剛伸出來，就被一個影子輕輕拉了回去。

『天貴，妳才剛痊癒，不必做這種事。喂，晴明，我帶他回房間了。』

跟主人打過招呼後，朱雀一把將昌浩扛到肩上，大步走出了房間。天一面露微笑跟在後面，彰子也慌忙跟上去。

揮著扇子目送他們離去的晴明，在腳步聲消失後，表情立刻嚴肅起來。

隱形的六合現身，單腳跪坐在小怪旁邊。

『是我的失誤。』

『大概是昌浩下意識地挺身保護了那個靈魂……因為我沒有感覺到什麼惡意。』

六合這麼說，小怪點點頭，晴明的嘴角滲出了苦笑。

昌浩應該能勉強躲過敏次施放的攻擊法術，但是那麼做，那個靈魂就會煙消雲散。

晴明啪地打開扇子說：『昌浩是不是從很久以前就開始夢囈了？』

小怪眨眨眼睛。的確，自從收服穗積諸尚以來，昌浩幾乎每天夢囈。

『只有跟彰子同床那天沒事。太有趣了，女人真的很堅強呢！』

笑起來的晴明，八成想起了很久以前去世的若菜。

他又啪地闔上扇子，將視線移到桌上，上面排列著無數的竹籤。

『我對詭異的百鬼夜行做了占卜，結果令人心驚膽顫。』晴明停頓了一下，瞇起眼睛。『風從活人絕對到不了的異界之地吹來……附在昌浩身上的男人和百鬼夜行，都是隨著那陣風來到了京城。』

小怪瞪大了眼睛。

那正是大蜈蚣說過的意義不明的話——深過黑暗的根之國，出現了徵兆。

『原來……根之國就是亡者居住的黑暗深處？諸尚是被自稱風音的女術士喚醒的，那麼，那個男人會不會也是……』

聽到風音這個名字，六合瞇起了眼睛。

她好像在找什麼……究竟在找什麼呢？

晴明摸著眼睛呆滯的小怪的頭說：『六合都告訴我了。』

小怪小小的身軀整個緊繃起來。

『紅蓮，岦齋已經死了。』

『可是、可是，六合說聽到了他的聲音！』小怪的聲音顫抖著。

晴明瞇起眼睛說：『他死了。放心吧，你只要不再犯同樣的過錯就行了。』

晴明用瘦削的手一次又一次地撫摸小怪的頭，閉起眼睛。

小怪擠出痛苦的聲音說『幫我封了』的模樣，還如昨日般歷歷在目。

拜託，幫我封了，讓我不會再犯錯。

我不要十二神將中最強的火焰、最強的力量，如果不幫我封了……

就殺了我——！

『去昌浩那裡吧，他應該在等你。那小子從小看不到你，就會到處找你。』

晴明往小怪背上一拍，小怪便沮喪地離開了房間。等它進了昌浩的房間，一定會努力裝出開朗的表情，一副沒什麼事的樣子。

不會讓昌浩發現它心底深處如刀割般的痛楚。

晴明很了解這一點，所以更加心疼。

以前天后曾經說過，人類覺得很遙遠的事，對他們神將來說，就像昨日一般清晰。

『六合，你太衝動了。在告訴紅蓮之前，為什麼不先來通知我？』

晴明的聲音有些嚴厲，六合垂下了眼睛。

『對不起，我有點亂了方寸。』

『我想也是，一點都不像你。不過，情有可原，我的心也涼了半截。』

前幾天，風音告訴過他，派她來的人是跟他也很熟的人。

當時，一個名字閃過他的腦海，但是立刻被他否定了。不可能，那傢伙已經死了，可是，風音那張臉……

他心中有個無法抹滅的扭曲傷痕；一個長久以來不曾疼痛過的傷痕。風音的容貌讓他想起了這道傷痕，逼得他再不願意都得去面對。

『他不可能還活著，但是……』

晴明握著扇子的手已然發白，六合注視著晴明的側臉。

老人眼中流露出不安的神色，淡淡一笑，喃喃說道：

『如果他真的還活著……這次，我會親手殺了他。』

風音在暫時棲身的草庵中，抱膝而坐。

『傷腦筋……』

她好像真的很煩惱，皺起眉頭，下巴搭在膝蓋上。

停在她肩膀上的烏鴉，安慰她似的低鳴著。

『沒關係，是我不好，可是、可是……』她抬起頭，看著烏鴉。『誰知道蛇血的返魂術會影響到幾百年前死去的人呢？你說是不是？嵬！』

雙頭中的右邊烏鴉發出低鳴聲，表示同意，左邊烏鴉保持沉默。

『我更不知道從黃泉吹來的風會影響到怪物啊！我只是照宗主的指示去做而已。』

她老是挨罵，似乎堆積了不少鬱悶。嚷嚷了一陣子後，她嘆口氣，抱住了頭。

『不管怎麼說，都是我的失誤……』

沒有監督到最後，的確是自己的錯。

為了在京城引起混亂，轉移首屈一指的安倍晴明的注意力，風音受主人之命讓穗積諸尚還魂。

諸尚是懷恨而死，所以即便靈魂到了黃泉，怨恨還是留在人世間。心懷怨恨的靈魂沒那麼容易投胎轉世。諸尚被怨恨纏住的靈魂還滯留在黃泉，哪兒都不能去。

風音施行的返魂術，強行撬開了黃泉之門，把諸尚叫回了今生。

但是，沒想到餘波蕩漾。

主人的命令是殺了安倍晴明，但是她沒做到。而蛇血的返魂術做得不夠徹底，把別的東西都喚來這世間了。

她的能力超乎常人，這是所有認識她的人都認同的事。宗主也知道，所以才把這次任務指派給她，她卻辜負了宗主的期待。

——這是多麼大的失誤啊，完全辜負了宗主！

胸口陣陣刺痛。風音背靠著草庵的柱子，喃喃說著：

『被黃泉瘴氣吞噬的怪物，會變成怎麼樣呢？』

沒有人回答她這個問題。

6

凶日結束，昌浩又出仕了。

一進入十二月，一年很快就結束了。十一月的例行活動繁多，基層人員昌浩被雜事追著跑，疲於奔命。

忙起來時，他就會馬不停蹄地努力工作，一刻也不休息，所以陰陽寮的同僚對他的評語漸漸好轉。

臥病在床的藤原也幾乎痊癒了，很快就能像以前那樣出仕，回到工作崗位。為了感謝昌浩不辭勞苦為他所做的事，他送給了昌浩高級的絲綢衣服。

這是昌浩第一次拿到朝廷薪水以外的收入。在這個時代，當然可以用貨幣購物，但是也可以以物易物。這些絲綢衣服可以用來換米、鹽，或是等值份量的棉織品。

基本上，薪水微薄的專職陰陽師，都必須靠這種外快來維持生計。

昌浩天還沒亮就得出門，傍晚時才能回到家。因為年關將近，雜事堆積如山，這也是無可奈何的事，但是對昌浩來說有點辛苦。

身體健健康康的也就罷了，問題是，現在的昌浩拖著一個大麻煩。

『我想……如果我在這時候倒下去，「安倍昌浩虛弱說」就會成立吧……難道只有我這麼想？』

為了把陰陽寮本月曆表年關特別篇分送到各省廳，正磨著墨的昌浩鐵青著臉說。

坐在旁邊的小怪，擔心地抬頭看著他。

『不，我也這麼想。』

『就是啊……休息一下。』

他把手停下來，放在桌子上，用力吐氣，把胸口的氣吐得精光。

光安安靜靜坐著，就覺得喘；光起個身，就覺得疲憊，荒謬到不能告訴任何人。

突然覺得脖子上有股刺人的視線，他趕緊再度開工。

小怪也察覺了，猛地回過頭看。

敏次正站在角落，注視著昌浩，彷彿在告訴昌浩『如針刺般的視線』就是這樣。

凶日已經過了一個多禮拜，但敏次還是會不時注視著昌浩，眼神中充滿了疑惑。

昌浩裝出從容不迫的樣子，神色自若地磨著墨，其實心亂如麻。

『真糟糕……』

收服百鬼夜行那一晚，他用六合的長布條遮住了臉，可是好像被敏次瞥到了一眼。

如果有被看到，應該是在他遭到敏次攻擊的時候，此外，他想不到任何可能性。

真的只是一瞬間而已，所以他想應該可以裝傻矇混過去。

但是誰都看得出來，自從凶日以來，昌浩的身體狀況都不太好。雖然原因不是遭到敏次攻擊，但是敏次很可能會這麼想。

慘遭咒術攻擊，治療會比一般傷勢花時間，因為法術對精神和靈體的影響遠超過對肉體的影響。

『俗話說，病由心生嘛。』

看著小怪一本正經的臉，昌浩無奈地說：

『不是那樣吧……被你這麼一說，我都不知道我現在該怎麼辦了……』

跟心無關，是真的有另外一個人住在他體內，一天到晚向他哭訴著什麼，所以造成很大的精神負擔。

還有敏次的猜疑。可能的話，他很想澄清，但是他找不到好辦法。如果敏次當面問他那晚人在哪裡，就可以全家人口徑一致，編個故事糊弄過去。

敏次看著昌浩好一會，就轉身消失在牆的另一頭了。

昌浩鬆了一口氣。凶日之前，敏次偶爾還會對他露出笑容，但是現在的情況好像有點倒退回去了。

心情好沉重。

昌浩今天的工作應該就是做這些，不會去其他地方了，所以小怪站起來，咚咚地小跑步到外廊，跟上了敏次。

小怪極力隱藏氣息。只要它不刻意釋放神氣，敏次就不可能察覺到它的存在。敏次沒有與生俱來的通靈能力，所以只要小怪徹底隱藏氣息，他絕對看不到。

敏次邊走邊嘀咕著：『果然是昌浩的臉……可是他正在凶日中，不可能外出啊……問題是，他有過前科，由此來看……不，不對，我從沒聽說過他有那樣的能力。』

『當然啦，他不必在陰陽寮裡表現。』

『可是，昌浩是吉昌大人最小的兒子，也是成親大人和昌親大人的弟弟。如果因為是兩人的弟弟，而擁有同等的能力，那麼說不定……』

『不、不，成親的占卜術的確很行，而且早早就當上了曆博士⑤，但他只是擅長製作曆表而已，昌浩在這個領域則完全不行，所以不能這樣比。』

『但是，聽說他們兩人的咒術、念咒、祈禱，又都不及吉平大人……這麼說或許有點失禮，我總覺得這方面是弟弟吉昌大人比較拿手……』

『沒錯啦，吉平的強項是預言，雖然沒晴明厲害，但在寮內恐怕就屬他第一了。』

不過，還有一個光榮⑥呢，所以很難說。

敏次很認真地思考著，小怪在一旁胡亂插嘴，但是敏次當然聽不見。小怪悠悠哉哉

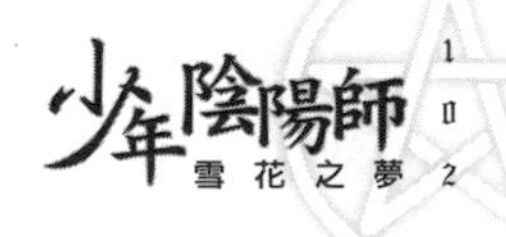

地跟著敏次走了一段路後，差不多知道他懷疑到什麼程度，就轉身回到了昌浩那裡。

『小怪，你跑哪兒去了？』

『我去策劃應付敏次的大方向和對策。』

『什麼啊？』

昌浩瞪大了眼睛，小怪只是對他笑了笑。

到底是什麼事呢？昌浩偏著頭邊想邊繼續工作。小怪看著這樣的他，把不時戳刺著胸口的疼痛悄悄埋在心底。

晴明叫小怪不用擔心，而小怪自己也比任何人都清楚事情的真相。

它知道岦齋已不在人世，五十年前就死了。

可是，胸口為什麼會有股揮之不去的不安呢？

正低頭沉思的小怪，頭頂突然被胡亂抓了一把，它訝異地抬起頭來。

昌浩正盯著它看，什麼都沒說，只是撫摸著小怪白色的頭。

這樣撫摸了一會後，昌浩微笑著說：

『小怪，你睡一下吧。我知道，你半夜老是爬起來看我有沒有夢囈。』

小怪眨了眨眼睛。

『所以囉，』昌浩笑笑，『時間到之前，你在這裡睡吧。』

小怪看了他一會，終於低下頭來，在昌浩旁邊蜷成一團，閉上了眼睛。

昌浩的手在它背上拍了一下，然後，小怪就只聽到翻紙、磨墨的聲音。

耳邊響起沙沙的幽靜音色，那是夏天的雨聲，歷歷浮現。

同時，類似那聲音的某種深沉、鈍重的痛楚，緊緊攫住了小怪的胸口。

回到家的昌浩，拖著疲憊的身軀走到自己房間後，立刻倒在鋪被上。

趴著的他連烏紗帽都沒摘下來，就無力地閉上了眼睛。

來探視他的彰子，看到他已經鼾聲大作，嘆了一口氣。怕他感冒，替他蓋上了好幾件薄外衣。

然後，她在小怪旁邊坐下來說：『小怪，不能把這個人從昌浩體內拖出來嗎？』

彰子可以清楚看到深藏在昌浩體內的男人身影。她自己並沒有意識到，自從住進安倍家後，她的通靈能力正逐漸增強。若能幫上昌浩的忙當然好，問題是，目前絲毫看不出這樣的徵兆。

『昌浩一天比一天衰弱了，可是每次醒著時，他都說他沒事，強顏歡笑……我還寧可他對我說他很痛苦呢。』

彰子在膝上握緊了拳頭，坐在她旁邊的小怪『嗯』地沉吟了一聲說：

『是啊，那傢伙就是這麼好強。不過最大的理由是不想讓妳看到他那樣的表情。』

咦？彰子發出不解的聲音。小怪瞇起一隻眼睛，笑了起來。

『不用擔心啦！光靠昌浩一個人是有點問題，但是他背後有當代第一大陰陽師，還有將來一定會成為陰陽頭的父親啊。』

『還有小怪和六合，對吧？』

『沒錯。』

小怪裝模作樣地點點頭，環視室內一圈。

前幾天凶日時看的書散落一地，昌浩最不會收拾房間了。他可能有他自己的想法，但是稍微排整齊一點，可以多出一些空間來。

沒辦法，小怪只好站起來，直立著蹬蹬地走向書堆，靈活地把雜亂堆放的書啪噠啪噠重新疊整齊。

彰子看到小怪這麼做，也開始整理她附近的書籍和捲軸。

『小怪，你那裡有沒有這套和歌集？』

彰子抱著集數不齊的書，偏過頭來問小怪。

『哪一本？』

『呃，《萬葉集》第三集。』

『啊，有、有，給妳。』

『謝謝。』

彰子伸出了手，但是差一點而沒接到，書啪地掉到了地上。

昌浩聽到聲音，張開了惺忪睡眼。他看看掉落的書，眨了眨眼睛，慢慢爬了起來。

『哇……對不起，我睡著了。』

臉還呈現半睡眠狀態的他，揉揉眼角，甩甩頭，還戴在頭上的烏紗帽掉了下來。

他撐著疲憊的眼皮，嫌煩似的像平常一樣解開髮髻，隨便用手梳了一下。眼睛看不出來是睜著還是閉著，一臉茫然地盤坐在鋪被上。

『沒關係，你睡吧，我們會安靜地打掃。』

小怪逕自抱著書，用兩隻腳在房間四處輕盈地走著。

彰子把《萬葉集》照順序排列起來，準備搬到空著的地方。

『昌浩，可以放在這裡嗎？』

被這麼一問，昌浩露出還不清醒的表情，伸出手來說：『呃——那是什麼？』

差不多該醒醒了。他啪啪拍拍臉頰，刺激大腦，讓意識清楚起來。

確認過彰子手上的書後，一股強烈的衝動突然湧上心頭。

『咿……唔……』

心臟撲通撲通猛跳起來，他不由得壓住胸口，低聲呻吟。

湧上來的衝動愈來愈強烈，瞬間蔓延到整個胸部，紛擾不堪。

『怎麼了？』

呼吸不尋常地凌亂，胸口苦悶，撕裂般的疼痛掠過背脊深處。無法撫平的紛擾，像波浪般席捲而來。

昌浩顫抖地伸出手來。

『彰子，把書給我。』

被突發狀況嚇得呆若木雞的彰子，趕緊把書交到昌浩手中。

昌浩翻開書，瞪大了眼睛，眼眸強烈搖曳著。重複幾次深呼吸後，他才顫抖著嘆了一口氣說：『就是這個啊……』

經常在心底深處的聲音。

我想回去、我想回去、我想回去。

回去哪兒呢？不記得了。為了什麼呢？連這也忘了。

唯獨依然渴望的意念，殘留在他體內。

我想回去、我想回去。

『昌浩？』

小怪擔心地看著昌浩，昌浩默默地把打開來的書放在小怪面前，給小怪看。

上面記載著不知是誰吟唱的淒涼悲哀的和歌。

——若思念我背影，就獻上神幣，向神明祈禱。

『穗積諸尚長眠的墓地，是不是在九州大宰府？』

『嗯……好像在大宰府近郊。』

很久以前，曾經從東國⑦召集人手去防守九州北部沿岸。那些人大多是農民，被選中的家庭可以免除租稅，但是由於必須交出主要維持家計的人，所以是很大的打擊。不過幸運的話，結束三年的任期後，還是能回到故鄉。但是也有人承受不了嚴苛的任務，弄壞身子而一病不起，再也回不去了。

『他一定很想回去……』

彰子輕輕接過昌浩手中的《萬葉集》，看著那本書的封面，眼波搖曳蕩漾。

祈求再祈求，一心一意只求能夠回去。但是這個男人……這個防人⑧卻回不去了。

看到她眼角閃著淚光，小怪正經八百地嘆了口氣。

昌浩點點頭，閉上了眼睛。

——這些日子以來，他一直在做夢。

夢見昏暗的地方。

張開眼睛，只有老舊樑柱裸露的天花板映入眼簾。

再也爬不起來，只能等著被死亡的長眠吞噬。即便如此，還是祈求著。

我想回去。

快了，就快了。

再一個月，任期就結束了。到時，就能回去了。

回到思念的家人身旁。

回到冬天時大雪紛飛、一片嚴寒，思念的故鄉。

不知道家人怎麼樣了？

剛娶的妻子、應該已經出生的孩子、年老的雙親怎麼樣了？

家中唯一維持生計的自己來到了這裡，所以，他們一定吃盡了苦頭。

但是，已經過去了。快了，就快可以回去了。

祈求再祈求。他想舉起動彈不得的手，他想用手肘支撐身體爬起來……可是，他已經虛弱到連這樣都做不來了。

無力地眨著的眼睛，閃過白色的東西。

——自己只能轉動眼眸，看著這樣的光景。

『每次都是到此結束……』

昌浩垂下頭，眨了眨眼睛。
視線迷濛地暈開來，他眨了好幾下眼睛，拚命壓抑湧上來的衝動。
胸口好疼，被熾熱的東西緊緊攫住，呼吸急促起來，眼角發燙。
男人的夙願充塞心頭，無可奈何地撼動著自己。
昌浩壓住胸口，緊緊咬住了嘴唇。
他了解想回去的那種意念。
他了解可能回不去時，那種瞬間淹沒整顆心的絕望感，因為與異邦妖魔的血戰，也讓他差點見不到所愛的人。
能再見面，他不知道有多開心。
這個防人的心境也一樣——不，經過時間的堆砌，說不定比自己的感受更深切、更沉重。
『我一定要幫他達成……』
因為防人是如此殷切地期盼。
第二天，昌浩趁打雜的空檔，去問跟他關係不錯的中務省官員，有沒有以前的防人的詳細資料。不論中務省管不管這種事，他都沒有別人可以問了。

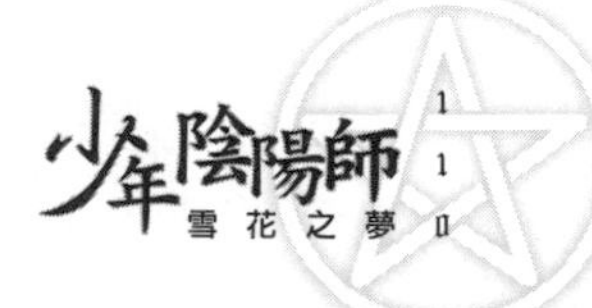

幸虧這個相熟的官員多少知道一些雜事。

『防人？你問這種事情做什麼？』

『啊，我對防人之歌⑨有點興趣……』

昌浩這麼回答，對方覺得他很另類，笑了笑說會幫他找找看。

最近他都很認真出仕，也因此得到了不錯的回應，所以他很開心。

『雖然還是像以前一樣出仕、回家，卻跟和異邦的幹部級妖魔廝殺一樣累。』

昌浩抱著書，踉蹌地走在通往陰陽寮的路上，小怪走在他旁邊，微微抬高視線說：

『你打算怎麼做？即使查到了那個防人的來歷，恐怕他想回去的故鄉也不在了吧？』

『嗯……』

昌浩憂鬱地嘆了口氣。

防人制度早在百年前就廢止了，他的家人也早就不在世上了，有沒有留下子孫都是問題。在嚴酷的稅賦下，農民的生活非常困苦，失去了唯一可以工作的支柱，他們的生活過得下去嗎？

『如果知道他來自哪裡……說不定可以把他的家人找來。』

『怎麼找？』

『就是……唉，不行哦？』

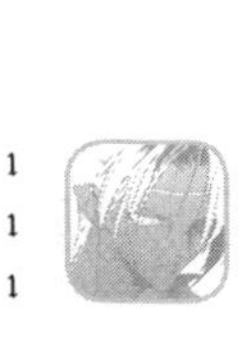

昌浩嘆口氣，神情沮喪。

把死去的家人找來，即使目的不同，實質上也是跟喚醒諸尚怨靈的術士風音做了同樣的事——縱然，昌浩只是想讓防人如願回到家鄉。

他就是無法漠視那殷切期盼的聲音。

陷入苦思的他，突然想到什麼，抬起頭來說：

『對了，最近六合都沒跟在我身邊，是跟著爺爺嗎？』

小怪半晌沒有回應。

以為它會馬上回應的昌浩，懷疑地停下腳步。

『怎麼了？小怪，是不是發生了什麼我不知道的事？』

昌浩皺起眉頭。

他顧自己的事都來不及了，根本顧不到其他事。六合是奉晴明之命，守在他身旁，卻不知何時不見了蹤影。

最近一回到家就直接上床了，所以沒怎麼在意，可是，六合的確不見了。

如果只是隱形，偶爾可以感覺到他的氣息，所以昌浩會知道。

小怪支支吾吾了大半天，把嘴巴抿成一條線，好像拚命在搜尋辭彙。

昌浩不讓它矇混過去，一臉狠樣地瞪著它說：

『小怪，你休想敷衍我。說啊，說啊！』

『說什麼？』

突來的聲音，把昌浩嚇得跳起來。

『哇啊啊啊！』

『哇！』

昌浩不由得把手上的書拋出去，猛地回過頭來。

敏次就站在他後面，滿臉受到驚嚇的樣子，往後退了一步。

『敏、敏次……』

糟了！

被聽見了、被聽見了，聽到了多少呢？當他在敏次看來沒有任何東西的地方，一個人喋喋不休時，敏次是不是從頭聽到了尾呢？

糟了，糟透了。

自從前幾天收服詭異的百鬼夜行後，敏次看昌浩的眼睛就充滿了懷疑。

懷疑當時那個來歷不明的術士，會不會就是昌浩？

昌浩拚命擠出笑容說：『啊，沒有啦，我只是覺得很冷，冷到讓人縮啊縮啊，縮成了一團，可是說出口好像會更冷，所以只說了一半。』

『哦……』

『可不能小看言靈呢，而且，一過十二月中，就會忙得不可開交，所以我想激勵自己，絕對不能輸給寒冷的天氣，導致傷風感冒，哈哈哈哈。』

昌浩乾笑著撿起掉滿地的書，敏次俯看著他，露出『你真會掰』的表情。

『昌浩啊，你也說得太牽強啦。』

在敏次面前，小怪不能幫昌浩撿書，只能乖乖坐著，盡量壓抑氣息，不讓敏次察覺到他的存在。

昌浩撿起所有書，正要往陰陽寮走時，敏次走到了他身旁。

差點被踢走的小怪，口中唸唸有詞地抱怨著，移到了另一邊。它很想踹敏次一腳，可是，現在必須儘可能減少他的懷疑。要把那晚出現的神將跟昌浩聯想在一起，確實很難，但是，有晴明介入其中就另當別論了。

安倍晴明率領的十二神將，聞名遐邇，人盡皆知。

昌浩偷偷看著用四隻腳走得很活潑可愛的小怪，心中苦思著敏次到底想怎麼樣。他懷疑的眼神讓昌浩頭疼，可以說是造成精神疲勞的原因之一。

『呃……』

昌浩正要開口時，敏次打斷他說：

『昌浩，十二月初，你因為凶日請了假待在家裡吧？』

『咦？啊，是的，我淨身齋戒了三天，正好利用那幾天查了些東西……』

他強裝鎮定，心臟卻撲通撲通跳個不停。

看得一清二楚的小怪，感嘆地縮起了肩膀。萬不得已時，只好稍微現身一下，引開敏次的注意力，它不禁覺得自己最近好像在賤賣真面目。

『就在那幾天，京城出現了來歷不明的百鬼夜行。』

『啊，我聽我父親說了。不過，檢非違使和志願的陰陽生們四處巡邏，已經把它們殲滅了吧？』

『我們是有四處巡邏，可是，不是我們殲滅的。』

『這樣喔？』

『是的。老實說，光靠我們根本對付不了百鬼夜行。』

『哦……』

昌浩含糊地回應，隨便點了點頭。

敏次的話愈來愈接近核心了。

『就在那時候，不知從哪兒冒出一個來歷不明、擁有驚人靈力的術士，突然向我發動了攻擊。』

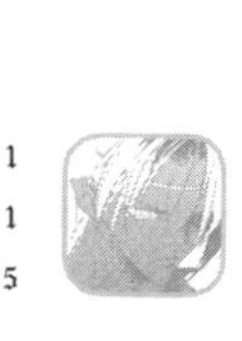

『啊！你、你完全搞錯啦，害得我跟六合擔心死了，好怕昌浩會有什麼三長兩短，激起晴明平靜卻可怕的憤怒波濤！』

小怪猛然直立起來，指著敏次又吼又叫，昌浩這才知道事實，驚訝不已。

原來如此，他都不知道。小怪還沒關係，他覺得很對不起六合，以後要小心點才行。

從『小怪還沒關係』這個前提，可以清楚看出他把小怪放在怎麼樣的位置。

對小怪或紅蓮，昌浩都是一點也不客氣，足以證明兩人之間有多麼親近。

昌浩強裝鎮靜，拚命思索著如何矇混過去。敏次一直在觀察自己的反應，只要眼神或語氣有點不對，他一定就會緊咬不放。

昌浩不是擅長說謊或打迷糊戰的人，只有這時候，他會打從心底羨慕祖父的狡猾。

小怪咂咂舌，知道他快撐不下去了。既然這樣，最聰明的選擇就是從後面助跑，來個漂亮的後腳跟踢外加延髓斬，再裝成喜歡惡作劇的小妖溜之大吉。

小怪停下腳步，正要擺出姿勢拉開距離時，從後面傳來啪噠啪噠的腳步聲。

『安倍、安倍！』

昌浩回過頭，看到中務省的官員，手上拿著老舊的書。

『安倍，是關於剛才那件事……啊，對不起，你們正在忙嗎？』

官員詢問敏次。敏次有些不甘心地搖了搖頭說：

『沒有，沒在忙……我先走了。』

他行個禮，轉身走向陰陽寮，昌浩鬆了一口氣。

『對不起，我找到了資料，所以想趕快來通知你……』

『讓你百忙中特地幫我找，真不好意思。』

聽到昌浩這麼說，中務省的官員苦笑了起來。

『哈哈哈，就是因為要開始忙了，所以我想先解決這件事。你也知道，年底會有很多活動擠在一起。』

那本老舊的書，是以前關於防人的記載。但令人失望的是，沒有人名和國名的記載，只有防人制度是如何建立又如何衰退的概略敘述。

『要找更詳細的資料，還是得去大宰府。可是已經過了將近半世紀，去了也不見得找得到。』

而且，有人去當防人後，就在當地歸化不回去了；也有人做到一半就病死了，所以恐怕很難掌握到所有資料。

昌浩闔上書，笑著說：『謝謝你特地幫我找，不好意思，改天我會好好補償你。』

聽到昌浩這麼說，官員想了一下，擺出說悄悄話的姿態，壓低聲音說：

『那麼，能不能教我一些咒語，讓我可以親近我喜歡的女生？』

昌浩張大眼睛看著他，發現他說得很認真。

在昌浩腳邊看著這一切的小怪，忍不住噗哧笑了出來。

昌浩過了工作時間還在加班，將近黃昏時才離開。

如果能查出防人的身分，知道他的名字、年紀、出身地，說不定可以用陰陽術幫他想想辦法。

但是，說歸說，昌浩還不會那麼高級且精緻的法術，所以這次恐怕得向晴明低頭，請求協助了。

『這並不是我的事，而且以我的力量也送不走他……』

步伐有些蹣跚的昌浩，急匆匆地往家裡走。直立著走在他身旁的小怪，必須使勁拉住他的手臂支撐著他，以防他突然失去平衡。最好的辦法是現出原形，把他扛在肩上，火速趕回家，但是那樣很可能被人發現。

從中御門大路走到西洞院大路，就離家不遠了。昌浩停下來，兩手撐在膝蓋上喘著氣。

影響心情是個問題，影響昌浩的體力更是一大問題。現在他還有力氣支撐自己，但

是這種狀況如果再持續幾天，他就會一病不起。

『安倍昌浩虛弱說就要蓋棺論定啦。』

『我希望可以盡量避免這樣的結果……』

這麼喃喃說著的昌浩，突然眨了一下眼睛。

一股寒意爬上了他的頸子，全身血液咻地往下竄。

昌浩抬起頭看看四周，察覺不對勁的小怪，也一樣仔細觀察著周遭。

『是南方……不，西方？』

『恐怕是京城中央——不久前，那個百鬼夜行出沒的地方。』

小怪依據昌浩的話，推斷出正確位置。

冬天的黃昏來得比較快，東方天際已經披上夜幕，但是，西方山脊還殘留著些許橙色。

某種東西從腳下爬上來，窸窸窣窣撫觸著肌膚，全身起了雞皮疙瘩。

昌浩屏住了氣息。

原本什麼都沒有的天空，噴出濃密的瘴氣，強烈到連一般人都看得見。

心臟發冷，直覺敲響了警鐘。

昌浩拔腿狂奔，小怪趕緊跳到他肩上。

座

⑤曆博士：陰陽寮內，負責製作曆表或教學生製作曆表的官員。

⑥賀茂光榮，安倍晴明的師父賀茂忠行之孫，也可說是與晴明並稱的著名陰陽師。

⑦東國：古代近畿以東諸國，現在的關東、坂東一帶。

⑧防人：防守北九州沿岸的士兵。

⑨奈良時代的《萬葉集》裡收錄了一百首以上歌詠防人家族的歌，統稱為『防人之歌』。

7

一個黑影啪沙飛下來，停在朱雀大路的柳枝上。

冬天很冷，京城的人都是早早回到家，關上大門，不讓風吹進來，圍著炭火或柴火取暖。

寬闊的朱雀大路上，一個人也沒有。

烏鴉從柳樹飛下來，落在大路中央附近。

微弱的夕陽光線，照出了烏鴉的模樣，有兩個頭。

左邊烏鴉張開了漆黑的鳥喙。

『晃啊晃，搖啊搖，搖啊搖。』

低沉嘶啞，彷彿從地底下爬上來的咒語，震響著無人的大路。

『那扇門打不開，那條路緊緊關閉。』

原本什麼都沒有的大路地面，出現了黑色斑點。

『但是，晃啊晃，晃啊晃，搖啊搖。』

啪噠，傳來黏滑液體蕩漾的聲音，斑點逐漸擴散開來。

『邪惡之風啊，喚它來，喚它來，將它從黑暗的斜坡，喚醒至這片大地！……』

咒語突然中斷。

雙頭烏鴉啪沙張開翅膀。

在大路上擴散開來的黑影，高高隆起，散發出類似前幾天出現的百鬼夜行的妖氣，但是，外形是一個巨大團塊。全身覆蓋著黏性油漆般的黏滑東西，讓人想起巨大的山椒魚。

然而，它沒有四肢，是用肚子爬行，靠蠕動來移動身體。那樣子也很像鼻涕蟲，黑色觸角像絨毛般覆蓋全身，彷彿各自擁有意志，嘰嘰喳喳嘈嚷著。

那東西環視周遭，看到張開翅膀的烏鴉便低下了頭。

『是黃泉的風給了你這個身軀，知道嗎？』

怪物動也不動。

左邊烏鴉滿意地接著說：

『有個孩子會危害到我們，去追他，殺了他。凡是阻礙你的人，不管是誰，通通吃了。隨便你怎麼攻擊人類都行，我要你引發混亂，散佈災禍，這麼一來……』

沉默的右邊烏鴉，咕嚕嚕地低鳴著。

『門就容易打開了。』

烏鴉在空中拍振漆黑的翅膀，飛走了。

當烏鴉的黑影消失在黑暗中時，身長約十丈的怪物，裂成了兩大半。

一半拖行著身軀沒入了地底中，另一半緩緩向前移動。

怪物散發出來的瘴氣，直衝天際，捲起了層層漩渦。

烏鴉叫它吃了人類。這個以烏鴉模樣出現的人，讓自己一度毀滅的身體重生，再次注入了新的可怕生命。

窸窸窣窣蠕動前進的怪物，聽到一聲短促的驚叫，停了下來。

一個年輕女人，正滿臉驚愕地注視著它。

她就是趁太陽下山後，在京城摸黑行動的風音。她一直在尋找因為她的過失而被叫回這世界的防人之靈。因失誤而遭到苛責的她，必須親手消滅那個徬徨的靈魂。但是，她追蹤的防人的氣息，幾天前突然中斷了。不是消失了，也不像是被怪物吃了，為什麼呢？

覺得奇怪的風音，來到這個氣息中斷的地方，就遇上了這個怪物。

『這是什麼?!』

風音驚叫，屏住了氣息。

從可怕的怪物身上散發出來的詭異氣息，是黃泉的瘴氣。

『難道是黃泉之門敞開了？』
自己施放的蛇血返魂術，是從隔開黃泉與現世的大門縫隙，把亡者的靈魂叫回來。
但是，只是把靈魂叫回來，所以不會引來瘴氣。
一度用返魂術撬開來的黃泉瘴穴，應該已經關閉，難道是關得不夠徹底嗎？
『沒想到返魂術的失敗，會導致這種狀況……』
大驚失色的風音，表情頓時垮了下來。
她不能放走這個怪物，而且，她也還沒找到跟諸尚的靈魂一起召喚到這世上來的其他靈魂。
『我該怎麼向宗主大人交代呢？』
風音緊咬嘴唇，調整呼吸。
披著黏滑纖毛的怪物，也看著風音思索著。
將它這個一度消失的怪物喚醒到這片大地上的力量之主說：殺無赦！
不管是誰，凡是阻礙者通通吃了。
這是個阻礙者。
那麼，就是敵人。而且，擁有令人垂涎的身體和力量。
怪物張大了嘴巴。

它用力往上挺起，撲向了風音。風音伸出雙手，對準它的口腔大喊：
『破！』
強烈的靈氣團塊衝向了怪物，但是，風音的力量全被蠕動的觸手彈開了。
『什麼?!』
怪物襲向驚愕的風音，伸出漆黑的觸手，抓住了她，黏滑的觸手纏繞住她全身。
『可惡！……』
她掙扎著想拔出插在腰後的劍，但是身體動彈不得。
突然，背脊掠過一股涼意，血液倏地往下竄。她覺得頭暈目眩，怪物正從觸手碰觸的地方吸走她的靈力。
一陣寒顫。
在這個怪物眼中，所有活生生的東西都是食物。黃泉是亡者之國，亡者渴望生者所持有的生命光輝和生命力。
難道是吃人的妖怪因為吸入黃泉的瘴氣而重生，成了難以對付的妖魔？
『我怎麼可以……在這種地方……』
她還有未完成的任務。
再不獻上安倍晴明的首級，她會被宗主轟出去。她的主人很冷酷，完全不講情面，

只要被烙上無能的印子，一切就都完了。

她不能死在這個地方。

不管怎麼掙扎都逃不開，力氣逐漸消耗殆盡。妖怪釋放出來的妖氣充塞肺部，呼吸困難，一陣噁心感湧上喉頭。風音再也承受不了，無力地閉上了眼睛。

就在這一瞬間。

『嗡咭哩咭哩巴喳拉巴咭哩霍拉曼達曼達溫哈塔！』

犀利的真言撕裂了瘴氣。

捆住風音的觸手被彈開來，她的身體失去支撐，直接摔落在地面上。解脫束縛後，新鮮空氣立刻流入了肺腑。

正當風音猛烈咳嗽時，一個影子走向了她。

『妳沒事吧？』

風音抬起頭來，看到這個伸出手來要扶起她的人，不禁瞠目結舌。

是個稚氣未脫的少年，大約十二、三歲。

還有一個異形隨侍在側。

更令人驚訝的是少年施放出來的那股力量。

『小怪，你看著她！』

昌浩這麼大叫後，擋在詭異的怪物面前。

『這是什麼東西啊?!』

妖氣刺骨，彷彿就要滲入所有毛細孔，噁心得叫人全身起雞皮疙瘩。

這是類似不久前的百鬼夜行散發出來的妖氣，但是強烈好幾倍。而且除了妖氣，還可以感覺到其他力量。不是怪物散發出來的力量，而是類似人所擁有的靈氣。

不過，是那種無法想像的靈力，混雜著類似腐臭的東西，令人作嘔。

昌浩打出刀印，瞪著怪物。

『臨兵鬥者，皆陣列在前！』

隨著怒吼，他揮下了刀印。清厲的氣勢化為刀刃，砍向了怪物。帶著威猛的力量狂流，把怪物的身體砍成了兩半。

可怕的咆哮聲震天價響，怪物佈滿觸手的身體顫抖著，痛苦地翻滾掙扎。不久後就像沙石潰決般，應聲消失了。

風音拚命用手肘撐起了上半身，勉強維持因耗盡精氣和靈氣而愈來愈模糊的意識。

正準備隨時支援昌浩的小怪嘆口氣，轉過身去。

『喂……』

才喂一聲，小怪就屏住呼吸，直盯著她的臉，看得連眼睛都忘了眨。

它記得這張臉，它見過跟這個女人很像的面孔。

風音訝異地回看呆呆看著自己的小怪，然後，注意到轉過身來的昌浩，頓時全身僵硬起來。

她的眼眸強烈震盪著，想到那股驚人的靈力……

『……是安倍的……孩子……』

沒錯，這孩子絕對傳承了安倍晴明的血緣。

『妳還好嗎？有沒有受傷？』

昌浩蹲下來，向她伸出了手。風音撥開他的手，搖搖晃晃地站起來，後退了幾步。

『為什麼……』風音慘叫起來：『你為什麼還活著？』

『咦？』

昌浩一時聽不懂她在說什麼。

他眨眨眼睛，站起來，拚命搜尋辭彙。

『呃，嗯，妳是說……』

他並不認識這個人，看起來大約二十歲，或再多一點。十二神將中的天后看起來差不多就是這個樣子。長得很漂亮，長及腰間的黑髮從頭渦處紮起，再分成兩半綁起來，大概是為了讓頭髮怎麼動都不會亂吧。

仔細看，會覺得她的穿著很奇怪。肩膀裸露，衣服下襬又短得露出膝蓋，京城裡的人不會穿這種衣服。

昌浩思緒混亂，淨想些亂七八糟的事，他需要什麼實在的東西，只好呼喚小怪的名字。

『小怪，她是說……』

但是……

小怪沒有回頭，注視著女人臉龐的夕陽色眼眸瞪得斗大，而且動也不動。

『怎麼可能……』

正當小怪這麼茫然自語時，女人大喊：

『不可能！我十年前就殺了你啊！』

小怪用嘶啞的聲音低嚷著：

『妳說什麼?!』

十年前，昌浩三歲時。

小怪——紅蓮回溯記憶。

在晴明銅牆鐵壁般的保護下，任何人都無法對安倍家造成傷害。而昌浩在行元服禮

前，幾乎不曾離開過家門；即使外出，也都有晴明或吉昌陪在身旁，不太可能發生危及性命的事。

那麼，就是晴明在安倍家周遭佈下結界之前。

小怪瞪著女人，與她保持一定距離，嚴陣以待。只要她採取什麼可疑的行動，它絕對不會放過她。

女人的臉扭曲變形。

『為什麼？那個擁有驚人力量的孩子的氣息，的確消失了啊！』

小怪一陣愕然。

除了佈設結界外，在昌浩行著袴儀式那一年，晴明也封住了昌浩的力量。

因為晴明說看得太清楚不好，所以從那之後十年來，不管昌浩體內有多驚人的力量，都被凍結了。

『莫非……』小怪用力擠出卡在喉嚨深處的聲音，『十年前，派妖怪來把這小子推落水池的人就是妳？』

小怪的話刺進了昌浩的耳中。

他記得他差點掉落水池，小怪說是不乾淨的東西推了他一把。

對了，從此以後，晴明就在安倍家周遭佈下了結界。之前可以隨意進出的小妖們，後來只能偶爾從牆外往裡頭瞧。

這麼做，是為了不讓邪惡的東西進來，還有……

不讓昌浩的力量外洩。

種種事實同時灌入大腦內，昌浩一片混亂，無法整理出頭緒來。

唯一能夠確認的就是，倘若這個女人說的是實話，那麼，十年前自己差點就被殺了

——被眼前這個女人。

小怪全身冒出了紅色的鬥氣。

『妳是什麼人？』

鬥氣捲起了灼熱的風，拍打著臉頰。被風掃到的女人，突然揚起嘴角笑了起來。

『灼熱的鬥氣……對了，你就是血淋淋的神將騰蛇！』

小怪的肩膀顫抖了一下，夕陽色的眼眸搖曳蕩漾，冒出來的鬥氣突然消失了。

昌浩移動僵滯的雙腳，走到小怪前面護著它。

『妳……是誰？』

低沉的詢問，換來了刻薄的回答。

『我說我是風音，你會知道嗎？安倍晴明的小孫子——我們最大的障礙！』

她俐落地拔起腰間的劍，將劍尖指向了昌浩。

『現在也還不遲，我要讓你死在這裡。』

昌浩屏息後退，他聽六合說過有個追殺晴明的術士。她的劍施加了蠱毒密咒，對妖魔或神靈都有效。

青龍和玄武都因此站不起來，是六合在千鈞一髮之際救了晴明。

這個看起來這麼瘦弱，甚至可說綽約多姿的女人，會把晴明他們逼入絕境嗎？

不可以對人使用法術。

從小，晴明就不時這樣教育昌浩。擁有強勁力量的人所施放的法術，可以輕易奪走對方的性命，更別說是傷害對方了。

傷害一個人，自己也會感同身受，所以要有承受那種痛楚的覺悟。

但是風音大概不會手下留情，她的眼神沒有絲毫猶豫。如果遵守晴明的教諭，昌浩就會被打倒。

在夏天的貴船，昌浩曾經有過那樣的覺悟，但是後來發現對方是披著人皮的異邦妖魔。

他還沒有跟人類交過手。

猶豫牽制了他的行動，風音無聲無息地縮短了距離，輕輕揮動著手中的劍。

『有什麼怨恨，就去跟你隨後報到的祖父說吧！』

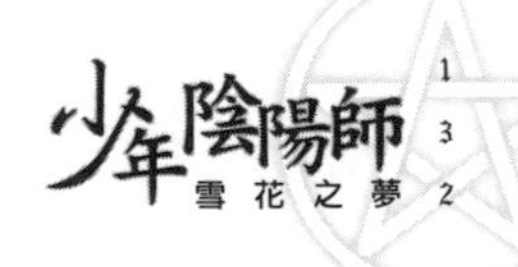

昌浩幾乎是無意識地向後退，閃開了揮過來的劍尖。

耳中才聽到微微的低語，風音的犀利咒語便敲過了耳膜。

『風縛！』

昌浩周遭的空氣霎時化成無形的牢籠，可怕的咒縛意念纏住了四肢，蘊含精純殺氣的冷冽靈氣往上攀爬。

昌浩的眼神驟變——再不抵抗，絕對會被殺了。

『碎！』

伴隨而來的氣勢粉碎了咒縛的意念，昌浩的身體忽地往下沉。風從他耳邊呼嘯而過，在頸子旁蠢蠢蠕動的可怕氣息瞬間凝固、消失。

呼吸變得急促，他感覺到潛藏在體內深處的防人正恐懼地顫抖著。

昌浩打出了手印，如果不鎖住她的行動，他就無法反擊。

『嗡賓比希卡拉卡拉布巴哩索瓦卡！』

他倒抽了一口氣。

是剛才劍尖散發出來的邪氣灌入昌浩的嘴巴，纏住了他的喉嚨。

一團紅色的鬥氣從小怪身上迸散開來，昌浩不曾感受過那樣的強度，眼看著近似殺氣的神氣就要爆發了，卻還維持著小怪的模樣，並未顯現原貌。因為神將不能傷害人

類，如果以原貌施放力量，紅蓮的鬥氣恐怕會當場殺了風音。

風音遲疑了一下，昌浩緊緊抓住了這個破綻。

『縛縛縛，不動縛！』

咒語將風音的雙腳釘死在大地上，她整個人失去平衡，跪倒在地上。昌浩接著大喊：

『日月五星，二十八宿，天神地祇！』

靈力擴散開來，團團圍住了風音。

風音的眼眸閃爍著黑色光芒，她將蠱毒之劍用力插在地面上，冷冷地瞪著正在唸咒語的昌浩。

『千禍招魂——風殺！』

蠱毒之劍釋放出可怕的妖氣，從直挺挺的劍刃往地底下流竄，昌浩和小怪腳下隨即鑽出了強烈的妖力之刀。被無數刀刃撕裂的傷口，產生灼熱的激烈疼痛。

『……！』

昌浩發出微弱的哀號，他萬萬想不到對風音施放了不動縛，她卻可以彈回咒縛的意念，做出這樣的反擊。

小怪的白色身軀被遠遠彈開，躺在地上的昌浩，拚命抬起頭來叫著：

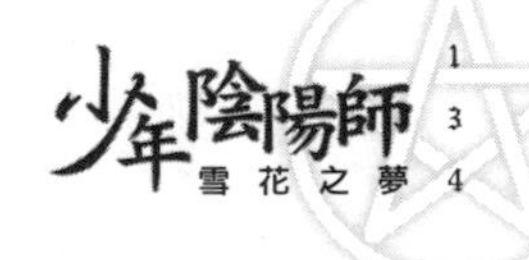

『小怪！……』

亮晃晃的劍光閃過視野一角，小怪的慘叫聲響徹天際。咚！響起某種東西掉落地上的聲音，昌浩只能感覺到伴隨低沉呻吟聲的微弱掙扎氣息。

他拚命想站起來，但是，風呼嘯吹著，凍結的靈氣之繩纏繞全身，硬是把他拖倒在地。向後仰倒的他，背部受到撞擊，痛得呻吟起來。

看不見的繩索逐漸嵌入皮膚，纏繞頸子的靈縛壓迫到氣管。

昌浩拚命搜尋小怪的身影，想知道他被妖力之刀彈到哪裡去了。

『你還能東張西望啊？真夠從容呢。』

光芒閃爍的劍尖，伴隨著風音沉靜的低語畫過視野，昌浩感覺到冰冷的東西抵在他頸子的脈動處。

風音用冷冷的眼眸俯視著他，昌浩眼睛眨也不眨一下地回看她。

片刻後，面無表情地凝視著他的風音，『啊』地眨了一下眼睛說：

『防人，原來你躲在這裡啊，難怪我循著你的氣息來也找不到你。』

她烏黑的眼眸，在黑夜中潤澤地燦爛起來。

『真是的，你跟安倍晴明老是阻礙我。』

昌浩咕嘟嚥著口水。

提到晴明時，風音的眼睛瞬間閃過類似火焰的東西。

『只要殺了你，防人就會跟著消失吧？再見了，晴明的繼承人。』

風音將劍微微往後拉，準備藉助衝力，一刀割斷昌浩的喉嚨，但是一聲慘叫聲嚇阻了她。

『住手！……』

昌浩不由得閉起了眼睛。多麼痛楚的聲音啊！還伴隨著嘶嘶拖行著什麼東西的聲響。

小怪、小怪，夠了，不要再折磨自己了。

他很想這麼說，可是，無形的繩子綁住了喉嚨，把這句話也封住了。捆綁全身的咒縛，不但困住了昌浩的四肢，也鎮住了昌浩體內的靈力。

風音把劍刃緊緊抵在昌浩白皙的頸子上，用一隻手咚咚拍擊地面。

霎時，小怪的慘叫聲貫穿昌浩的耳朵。昌浩感覺到，風音的力量在地底下奔馳，化為銳利的刀刃襲向小怪，像削圓了刀尖的斧頭，就要砍斷小怪的四肢。

『住……手……』

昌浩掙扎著想擠出聲音來，風音瞥他一眼，用手背敲擊他的胸口。

『百鬼，破刃。』

風音的咒語威嚴震響，劇烈的疼痛貫穿昌浩的胸口，模糊了他的意識。剎那間，從昌浩嘴裡迸出了微弱的哀號。

『好了，差不多該結束了，我還得趕回去請求寬恕呢。』

後腳跟被蠱毒之劍撕裂，毒素在體內狂飆而痛苦得蜷縮成一團的小怪，微微張開了眼睛。

請求寬恕？請求誰的寬恕？

他用力撐起身體，試著移動快折斷的前腳。

風音的劍刃狠狠對準了昌浩的脖子。

小怪的眼睛凍結了，心臟猛烈跳動著，視野被染成一片紅色，所有聲音都消失了。

『——！』

紅蓮的鬥氣從小怪身上爆開來。

沒有現出原形，還保持著偽裝的模樣。小怪發出這麼強大的通力，昌浩還是第一次看到。

這一瞬間，在模糊的意識中，昌浩彷彿聽到什麼硬物碎裂的微弱聲響。

強大的通力狂流襲向風音。

『什麼?!』

風音瘦弱的身體被通力的暴風彈射出去，慘叫聲也消失在暴風中。
被拋在地上翻滾的她，用劍撐起身體，狠狠瞪著小怪。
『神將……騰蛇……』
她搖搖晃晃地站起來，肩膀劇烈地上下抖動，雙手握著劍。小怪的力量幾乎徹底削弱了她的體力、氣力和靈力。
風音用燃燒般的兇狠眼神瞪著小怪，揚起嘴角諷刺地說：
『果然厲害，跟其他十二神將的功力不一樣……』
小怪的身影忽隱忽現，白色身體被平常難得一見的強烈通力包住了，夕陽色的眼睛像熊熊燃燒的火焰。
昌浩啞然注視著這樣的小怪。
就在這時候──
『喂，你在那裡做什麼？』
熟悉的叫喊聲，驅散了風音和小怪各自迸放出來的殺氣。
一個人影從大路另一頭跑來。
風音不悅地咂舌，將劍收入劍鞘中，轉身離去。高高躍起的身影，就那樣消失在黑暗中。

咒縛忽地消失，小怪釋放出來的鬥氣也瞬間隱滅。

昌浩大大喘口氣，全身冒出了冷汗，這才開始顫抖，胸口發冷。

他仰躺下來，一次又一次喘著氣時，剛才大呼小叫的人跑到了他身旁。

『咦？……』

昌浩緩緩移動視線。

大驚失色的敏次正俯瞰著自己。

敏次蹲下來，抱起昌浩逼問：

『昌浩，發生了什麼事？剛才的強烈衝擊是什麼？』

他說的應該是紅蓮的鬥氣和風音的靈力。

昌浩咕嘟嚥下口水，連眨好幾下眼睛，怎麼也止不住顫抖。

嘶啞的聲音從發紫的嘴唇流洩出來：

『我……我不知道……』

他只能這麼回答。

敏次焦躁地揪起了他的前襟。

『不要騙我！我是發現詭異的氣息才跑過來看，結果通力都消散了，只看到你躺在地上，你怎麼可能不知道?!那股驚人的力量，是怪物的力量！』

昌浩瞠目結舌，眼角餘光看到小怪的身體顫抖了一下。

他竟然說是怪物。

『不……沒有什麼怪物，我沒看到。』

『怪物在哪兒？是你？是你收服了怪物？』

昌浩沒有回答，一逕搖著頭。

『不是我，不是我，我真的什麼都不知道！』

我不知道。

種種事骨碌骨碌在腦海中盤旋著。

十年前，風音差點殺了昌浩。

這到底是為什麼？

她說，昌浩是安倍晴明的小孫子，是他們最大的障礙。

不只她而已？除了她之外，還有其他人？而且不只一個？

防人在自己體內恐懼地顫抖著。

對了，風音好像也在追這個防人。

還有一件事……

昌浩看看小怪。

敏次繼續瘋狂地逼問昌浩：是不是你打倒了怪物？那晚那個術士果然是你吧？

但是，這些逼問都成了耳邊風，昌浩一句也沒聽進去。

小怪的白色身軀背向他，注視著風音消逝的暗夜盡頭。

——對了，你就是……

風音瞪著這個純白的身體，說出了那樣的話。小怪就像凍結般，杵在原地。

風音那詛咒般的嘶喊，在耳邊縈繞不去。她對著白色身軀說：

——血淋淋的神將騰蛇！

他從未感受過如此強烈的鬥氣，不輸給在貴船解放的那股力量。

剛才聽到的微弱的硬物碎裂聲，究竟是什麼？

類似冰塊的東西，在昌浩胸口應聲滑落。

太多不知道的事。

太多昌浩不知道的事。

突然，他想起對紅蓮無比厭惡的青龍。跟這件事應該無關，但是……

青龍等十二神將，應該知道昌浩所不知道的紅蓮。

昌浩看著小怪的背影，緊緊握住了拳頭。

逃到人煙稀少的京城郊外後，風音筋疲力盡地跪了下來。

安倍晴明的小孫子還活著。

十年前，她奉宗主之命，的確殺了他，因為她放出去的式符沒有回來。為了不留下線索，她預先施了法術，讓式符完成任務後就自行消失。

式符沒有回來，氣息也消失了，所以，她想他應該死了。

她沒有親眼確認，因為宗主說不用那麼做。

風音握緊了拳頭。

『那是我第一次受到稱讚啊……』

宗主是個冷酷的人，自她懂事以來，就不曾聽他說過什麼溫柔的話。那時，他第一次讚賞她說：做得很好。

一次又一次嘆息後，風音搖搖晃晃地站了起來。

不能就這樣算了，這次，她必須確確實實殺了安倍的小孫子。

當時沒能殺死他，這次又失了手。再失敗，就得拿自己的生命來贖罪了。

是宗主把失去雙親的她撫養長大，為了報答宗主，她也必須這麼做。

聽到啪沙的振翅聲，她瞇起眼睛，抬頭看著黑夜。

『嵬……』

雙頭烏鴉飛落在她伸出來的手臂上。

右邊烏鴉看到風音虛弱不堪的樣子，擔心地低鳴著，左邊烏鴉沉默不語。風音口中的嵬，應該是右邊烏鴉的名字。

『安倍晴明的孫子……還活著……』

風音咬咬嘴唇，眼眸搖曳著。緊繃著的神經，現在才放鬆下來。

安倍晴明知道有人要殺害孫子，所以把孫子藏起來了。那麼，他是否看穿了他們的真正目的呢？

風音搖搖頭。

『不、不！不可能……』

她無力地喃喃說著，屏住了氣息。

『安倍晴明還有神將騰蛇……』

風音的眼眸陰沉地閃爍著，灰暗的憎恨意念如火焰般搖曳，按捺不住的激情如裊裊熱氣般濃烈升騰。

『我絕對饒不了你們！』

停在風音手臂上的嵬突然拍了拍黑色翅膀，低鳴聲劃破了黑暗。

『嵬，怎麼了？』

風音屏息凝氣，從腳下冒出了黏滑的氣息和沉重冷冽的妖氣。

『是剛才的……』

她被跟蹤了。

怪物是假裝被安倍那孩子打倒，再追上自己這個最初的目標嗎？

她反射性地往後退，但是突然一陣暈眩而腳步踉蹌，跪了下來。她趕緊伸出手來，讓烏鴉飛走。

張開翅膀重整態勢的嵬，向下俯瞰，看到從土裡衝出來的怪物，張大了嘴巴，一口吞下了還來不及慘叫的風音。

嵬的嚎叫聲響徹雲霄。此時，有個黑影從另一個方向衝了出來——原來還潛藏著另一隻。嵬在被吞噬前及時飛高，躲過了一劫。但是除此之外，牠什麼也不能做，只能發出可怕的嚎叫聲，在怪物頭上來回盤旋。

怪物發出笨重的聲音著地後，像沒有手的山椒魚般，蠕動黑色觸手，拖著身子在地面上爬來爬去。

不知道這樣爬了多久後，怪物扭扭十丈多長的身軀，鑽進土中不見了。

嵬的叫聲在黑夜中繚繞。

儘管右邊烏鴉叫個不停，左邊烏鴉還是保持沉默。

8

昌浩想盡辦法說服敏次，不管他怎麼逼問都裝傻到底，最後跟小怪像逃跑似的離開了現場。

這次多虧了敏次，要不是他跑來，昌浩肯定被殺了。

風音似乎不想捲入第三者，所以他們才能逃過一劫。

昌浩用不安的眼神，低頭看著抱在懷裡的小怪，它下垂的耳朵動也不動一下。

他把小怪的前腳放在自己肩上，重新抱好小怪後，悄悄對它說：

『小怪……你怎麼了？你怪怪的呢，還好吧？』

隔了一會，小怪終於有了回應。

『那張臉很像我認識的人……』

小怪只說了這些，就閉上了嘴巴。昌浩想知道的事，它什麼也不說。

昌浩拍拍小怪的背，咚咚拍了好幾下。像安慰小朋友似的拍了好一會後，他突然想到一件事——小怪好像深受傷害。

之前，他也看過這樣的小怪。慢慢走在回家的路上，昌浩回溯著記憶。

『……』

啊，想起來了，就是青龍刺人的視線投向它的時候；就是聽著夏天雨聲的時候；還有——被諸尚的怨靈附身的敏次，指著紅蓮吃吃笑著時。

——你的手被你的罪行污染了……

風音的話，跟諸尚當時的話重疊，碎裂散去。

那是自己所不知道的紅蓮；自己所不知道的過去。在白色嬌小身軀的深處，有著怎麼樣的想法？是痛楚？還是有著其他的什麼？

一進安倍家的大門，就看到晴明和六合站在入口的木拉門處。

昌浩不由得停下腳步。

『爺爺……』

晴明突然伸出手說：『紅蓮，過來。』小怪的背抖動了一下。晴明平靜地接著說：

『爺爺有話跟紅蓮說。昌浩，你回你房間。』

昌浩儘可能不去看爺爺的臉，把小怪交給了伸出雙手的晴明。

晴明帶著紅蓮往裡面走去。昌浩目送著他們的背影，低聲說：『六合……』

黃褐色的眼眸朝向了昌浩，交叉抱著手肘的手臂上，銀色手環閃爍著光芒。

『紅蓮的過去、罪行……是什麼？』

六合瞇起了眼睛，昌浩突然發現，他不太顯露感情的眼睛，是黎明天空的顏色。

『我見到了風音，她知道我，好像也知道紅蓮。』

六合的眼睛沒動，只有眼皮微微動了一下。

昌浩自覺心跳的聲音聽起來特別響亮，跳得比平常快，也比平常沉重。

潛沉在自己體內的防人，微微挪動身體，不停地泣訴著，聲音愈來愈清晰了。

那股紛紛擾擾地觸動胸口的衝動，是自己的呢？還是在自己體內那個男人的？他漸漸搞不清楚了。

六合默默閉上了眼睛。

『你應該去問騰蛇本人。』

他用缺乏抑揚頓挫的慣有語氣，對眨著眼睛的昌浩說：

『那不是我該說的事，騰蛇也不希望我說。』

『嗯……我知道了。』

昌浩垂下頭，嘆了口氣。

其實，他並不是想知道過去的真相，只是希望小怪能像平常一樣，再用開朗率直的聲音呼喚他的名字。他不要看到小怪那種表情、那種沉痛的眼神。所以，他只是要找出原因，然後告訴小怪，那些事都不算什麼，不用放在心上。

『我只能告訴你，騰蛇說的才是真相。』

六合說完，掀起長布條，無聲無息地消失了。

回到房間後，晴明盤坐在蒲團上，把小怪放在面前。

他把手放在小怪頭上，輕蹙眉頭，口中唸唸有詞。紅蓮額頭上的封印金箍出現了龜裂，晴明替他重新封印後，收回了手。

原來經歷了這麼嚴重的危機啊？

晴明再仔細看，發現小怪是呈現拖著左後腳的姿態，於是把手放在那個地方，又輕聲唸起咒文。應該是被那把劍所傷吧，否則早就痊癒了。

就這樣，慢慢數著呼吸約十次。

小怪還是低著頭，身體僵硬，動也不動一下。

晴明低頭看著小怪好一會，拿起放在身旁桌上的竹籤，在手中把玩。

『我有些疑惑，所以做了調查……』晴明突然開口，小怪沒反應。晴明似乎也預料到會這樣，自顧自地接著說：『前幾天高淤神降臨時，不是說了一些很奇怪的話嗎？』

——最近恐怕又會有事發生，真是一刻也不得閒呢！

『那是什麼意思呢？我很擔心，派六合去了貴船一趟……』

說到這裡，晴明停頓一下，窺伺小怪的反應，但是小怪還是什麼反應也沒有。

晴明失望地垂下了肩膀，但沒讓小怪發現。

『貴船已經白雪皚皚，冰天凍地了。六合說，圍繞貴船山的結界，周遭殘留著些微的詭譎靈氣和瘴氣。』

小怪的白色肩膀抖動了一下，晴明看見了，但是仍維持原來的口吻。

『所以，我使用離魂術去查看了那些殘餘的靈氣……發現是目前待在昌浩體內的防人或那之類的東西……』

『……什麼?!』

小怪緩緩抬起了頭，圓滾滾的夕陽色眼眸凝視著晴明。

晴明裝出一派輕鬆，接著說：

『而且，周遭不但有百鬼夜行爬過的痕跡，還飄散著幾許高淤神的神氣。』

『你說什麼……』

小怪的聲音開始激動起來。

晴明把竹籤拋到桌上，一副悠然自得的樣子，若無其事地望著天花板。

『回想起來，高淤神前幾天降臨，理由是沒有任何人去向祂報告吧？你也知道，神是要人捧的，不捧祂就會鬧脾氣，所以我猜元兇說不定就是祂……』

『那……傢伙！……』

小怪豎起了全身白毛——插個題外話，晴明不禁覺得它那樣子還真像一般動物呢！

『經過六合恭敬地詢問，結果真是那樣。』

高淤神說：『那件事過後沒多久，剛落下初雪時，有個徬徨的靈魂來到我白雪覆蓋的住處，身上帶著詭異的瘴氣，還哭得很傷心，所以我告訴他去那裡可以找到人幫忙。啊，對了，還有一群奇怪的怪物，好像是在追那個靈魂。』

小怪沒有出聲，全身哆嗦顫抖著。

凡事隨興所至、旁若無人、天上天下唯我獨尊——這就是神的本性，小怪知道，而且再清楚不過了。但是自己的認知還太膚淺。

『也就是說，沒人去向祂報告，祂就把麻煩推給了昌浩嗎?!』

『沒有啦，也許祂並不認為那是麻煩啊。而且推給我，事後可能引來不必要的糾紛，所以，祂想忠厚善良的昌浩應該可以幫得上忙，就這麼安排了。』

原來昌浩連日來的夢囈，也是高淤神動的手腳。為了讓昌浩與徬徨的防人靈魂產生共鳴，祂一點一點地提升了昌浩的感應力。

將刻劃在防人心中的光景，以夢的形態描繪了出來。

『——晬！』

小怪已經氣到說不出話來，面向四面八方高舉雙手，藉以發洩心中洶湧澎湃就要爆發的情緒。看在旁人眼裡，小怪的動作就像在跳舞，晴明津津有味地觀察了一會，暗自放下心來。

終於讓紅蓮回過神來了。

看見紅蓮被逼到了極限，晴明不知道該對他說些什麼才好。

說什麼都行，無論如何，他必須轉移紅蓮的注意力，讓他的心轉向其他方向，要不然紅蓮會把自己逼到最糟的境界。然後，很可能再陷入金箍龜裂的狀態。

晴明瞇起了眼睛。

這十二年來，一再拯救紅蓮的是昌浩的存在；紅蓮被逼到絕境時仍能控制住自己，也是因為昌浩的存在。就像對晴明而言，已過世的妻子也曾是那樣的存在。

一發現有詭異的瘴氣升騰，晴明立刻透過式符看到了一切——怪物的出現、風音說的話、紅蓮受到的衝擊、昌浩問不出口的疑惑。

要不是敏次出現，晴明就會自己趕到現場，與風音對峙。

諸尚的怨靈、那個怪物、防人的靈魂，唯一的共同點就是黃泉的瘴氣。

怪物是被黃泉的瘴氣引到地上來，會出現在他們面前，是因為它正在追逐微微釋放出同樣瘴氣的防人。

但是，晴明不提心中的這種種疑惑，轉移了話題。

『對了，紅蓮。』

『幹嘛啦?!』

晴明對著鬼吼鬼叫的小怪，指向房子的盡頭，也就是位於最東邊的昌浩房間。

『太陰說，昌浩不知道是不是緊繃的精神突然鬆懈下來，昏倒了。六合把他抬進了房間，彰子正在照顧他……』

『什麼?!』

小怪大喊打斷了晴明的話，驚慌的餘韻還未消失，人就不見了。

晴明無聲地偷笑了好一會，突然抹去了笑容，望著桌上的竹籤。

他並沒有占卜，這只是他的直覺。但是，他最相信的就是自己的直覺。

在學會陰陽術之前，都是靠直覺救他、引導他。

不論是追逐防人的百鬼夜行，或剛才出現的沒有四肢、全身是漆黑觸手的百鬼夜行變形體，從黏滑的表皮散發出來的妖氣，都挾帶著不同於黃泉瘴氣的另一種邪惡靈氣。

是某人把被殲滅、粉碎的百鬼夜行的軀體組合起來，注入了假的生命。

晴明的雙眸閃過銳利的光芒。

『……岦齋啊。』

應該已經死去的你，真的從比黑暗還幽深的根之國回來了嗎？

額上濕手帕的冰冷，驚醒了昌浩。視線茫然地遊移，看到憂心忡忡的彰子和小怪。

胸口一陣澎湃，眼角發燙。防人嘶喊著、泣訴著，情緒不斷左右著昌浩的心。

我想回去，我想回去，我想回去……

不斷重複的願望，反反覆覆拍打著昌浩的心，不曾停歇過。

昌浩閉上眼睛，喟然長歎。

為什麼這麼想回去呢？他明明知道自己已經死了啊！

都已經過了好幾年、好幾十年了啊──

昌浩按住額頭上的手帕，爬起來，嘆了口氣。

他已經撐到極限了，再不想辦法把這個男人拖出來，他會倒下去。

『我很想幫他，可是，看樣子只能採取強硬手段了……』

是很可憐啦……昌浩這麼喃喃自語時，小怪憤然脫口而出：

『全是高淤神幹的好事，叫祂負責！』

『咦？』

不明就裡的昌浩反問。小怪把晴明告訴他的驚人事實，一五一十告訴了昌浩。

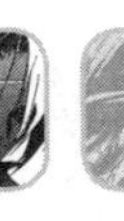

真沒想到會是這樣。高淤神啊，難道這也是修行或鍛鍊的一環嗎？……

昌浩不禁要這麼想。小怪又連珠炮似的對他說：

『馬上把他拖出來！叫晴明動手！現在就收服他，立刻驅魂，晴明可是當代第一大陰陽師呢，很快就可以把事情解決了，不會傷到你的靈魂一根寒毛！』

昌浩看著怒氣沖沖的小怪，心想：小怪總算振作起來了，太好了，太好了。

不過總覺得小怪好像是把之前所有的鬱悶都發洩在這件事上了。是他想太多了嗎？

『下次祂再來，我就撒鹽巴！』

『小怪，祂是神啊。』

『沒關係！』

『可是，會被作祟的是我啊……』

『我不管！』

連彰子都訝異地問：『昌浩，小怪是怎麼了？』

『它啊，大概是心情不好吧……』

昌浩苦笑著回答，一個深呼吸後，猛然站起來。

『不管怎麼樣，要淨化防人，最好還是去找高淤神幫忙，我也快撐不住了。』

那個詭異的怪物和女術士風音都在追這個防人。但是，在壞東西進不去的神聖結界中，怪物應該無法闖入吧。而且在結界內，風音應該也找不到他們。

聽說貴船已經佈滿白雪，那麼最好多穿幾件衣服。

車之輔在雪中也能疾馳嗎？昌浩邊思考這個現實問題，邊摘下烏紗帽、解開髮髻。因為常常這麼做，所以現在他自己也很會梳髮髻了。一般成年男子不會常常解開髮髻，可是，不解開就得戴著烏紗帽才好看。

施展離魂術時的晴明會把頭髮放下來，大概也是跟昌浩相同的理由。在動來動去殲滅怪物時，戴著烏紗帽只會礙事。

彰子用複雜的眼神看著昌浩準備符咒、戴上手套。

『你……要去貴船？』

『咦？嗯，怪物好像在追防人，在貴船結界中，怪物就不會來破壞了。』

昌浩邊匆匆忙忙地準備邊回答，彰子一副有話要說的樣子看著他。

小怪察覺到她的表情，眨了眨眼睛，它很了解彰子的心情。

『那我們走了，會盡量早點回來。可是，妳還是要先睡哦，彰子。』

不管她，她就會等到他們回來，所以昌浩交代完才轉身離去。

彰子卻冷不防地抓住了昌浩身穿的藍色狩衣下襬。

『哇！』

他突然被拉住，身子猛然向後仰，幸虧及時撐住才沒有摔倒。他趕緊回頭看究竟怎麼回事。只見彰子低著頭，雙手抓著他的衣襬。

『彰子？』

他不解地呼喚彰子的名字，彰子只是低著頭，猛搖頭。

『沒、沒什麼，沒什麼。』她放開手，慢慢抬起頭來，抬眼看著昌浩。『真的沒什麼，對不起。』

明明是有什麼的表情，彰子還是堅持說沒什麼。

昌浩被搞得一頭霧水。知道原因的小怪撇開視線，逕自點著頭。

它了解，它太了解彰子的心情了。

今後，毫無感覺的昌浩，大概會讓敏感的彰子繼續吃醋。

真是的，該說他遲鈍呢？沒想那麼多呢？還是沒有自覺呢？

明明什麼都不了解，卻可以包容一切，這就是昌浩過人之處。

昌浩微微蹲下來，配合彰子的視線高度，偏著頭說：『怎麼了？』

被昌浩這樣盯著看，彰子露出困惑的眼神，淡淡一笑說：

『快走吧，小心點，早點回來。』

昌浩眨了眨眼睛，笑著回她說：『嗯。』

9

一醒來，那個景象就消失了。
雪白……一切都被染成了白色。
強烈的暴風吹起漫天的白色花朵，視野不時變成白茫茫的一片。
大雪紛飛的那個地方，大地貧瘠，無法取得足夠的收成。
儘管如此，依然幸福。
彼此相依相偎，過著樸實的日子。
有糧食可度日，這樣就夠了。
那是我思念卻已然遙遠的地方。
歸去吧。
歸去吧。

越過那座山。
越過那面海。
越過那片天。

離得很遙遠了。
或許，再也回不去了。
儘管如此，我也要看著紛紛飄落的白色花朵。
即便只能張開眼睛，我也要看著這些花朵。

看著跟故鄉飄落的雪花一樣的白色花朵，不斷地祈禱，直到生命終止的瞬間。
即便只剩下一顆心；即便身軀已然腐朽。

歸去吧。

回到我懷念的那個地方；回到我所愛的你們身旁。

只要擁有這樣的情懷，總有一天能回去。
回到雪花不斷飄落的那個地方——

✦ ✦ ✦

兩條車軌刻劃在白雪中。
昌浩從車上跳下來，鑽過車轅，看著車之輔的臉說：
『你還好吧？雪再深的話就跑不動了吧？』
車之輔左右搖晃車軛，表示沒有問題。
圍繞貴船的結界，能嚇阻異形之類的東西。車之輔現在是昌浩的式神，可以進入結界內，但是這個忠厚老實的車妖，為了向神表示敬意，怎麼樣都要停在這裡。
小怪可能是施了法術，沒有在雪上留下足跡。它走起路來跟平常一樣，就像走在地面或堅硬的冰塊上。
昌浩就不行了，他還是個孩子，每走一步，腳就埋入雪中。
處處凍結的雪變得很硬，可以走在上面。但是要很小心，否則支撐不了體重的雪一

崩坍，腳就會陷下去，動彈不得。

因白天氣溫上升而融化的雪，晚上會凍結；雪再往上飄落堆積，硬的部分與柔軟的部分便像地層般重疊，有時，腳會陷得很深。

昌浩就這樣往貴船裡面走，走向高淤神所在的正殿。這個季節不會有什麼訪客，所以，禰宜和宮司都待在山麓的神社裡。

冬天的貴船是神和野生動物的樂園。

腳步輕盈地走在雪上的小怪，不時停下來回頭看。

跟在他後方不遠處的昌浩，腳老是被雪絆住，走得滿身大汗。

好像還會再下雪的天空，晦暗陰霾。如果有月亮，月光就會反照，不用暗視術也可以看得見，但是，看來是無望了。

昌浩努力向前走。

昌浩出去大約一個時辰了。

應該過戌時了吧……彰子正這麼想時，安倍家來了一個訪客，接待他的是露樹。

這個不請自來的客人，就是陰陽生藤原敏次。

『我有事找昌浩……請問他睡了嗎？』

敏次先為突然來訪致歉，再恭敬地詢問。

露樹不知道昌浩不在家，吉昌又還沒回來，晴明也窩在自己的房間。

『還沒，還不到睡覺時間。請進來。』

露樹親切地笑著迎接敏次，指著通往昌浩房間的走廊說：『從這裡直直走。』

『謝謝。』

敏次行禮致謝，露樹匆匆往裡面走，準備款待敏次。

敏次繃起臉來，走在冰冷的走廊上。

現在，昌浩的房裡，主人不在，只有憂心忡忡、雙手緊握放在膝上的彰子在房內。

玄武神色慌張地出現在她面前。

『彰子小姐，不好了！有入侵者，快躲起來。』

『咦？』

玄武不管彰子滿臉疑惑，逕自抓起她的手，緊張地四處張望。

昌浩的房間在最裡面，沒有可以藏身的屏風、帳幔或屏風架，根本無處可逃。

玄武靈機一動，帶著彰子跳到庭院裡。才剛剛把她身子壓低，敏次便進入了房間。

躲在外廊下的彰子，邊撫平激烈的心跳，邊努力思索著該怎麼辦。

不但不能讓他知道昌浩不在家，也不能讓第三者知道自己住在這裡。

否則，事情很可能被加油添醋，不知會以什麼方式、在什麼地方傳開來。

『怎麼辦……』

『他好像是來找昌浩，也不能讓他等到不耐煩了自己回去。』

陪彰子躲在外廊下的玄武神情嚴肅。如果只有神將玄武一個人，他就可以大大方方地從敏次面前走過去。但是，彰子不行。

而且，彰子是活生生的普通人，在這裡躲太久，可能會感冒。

敏次不知道下面躲著人，懷疑地皺起了眉頭。

『夫人明明說他在啊……』

沒見到昌浩。

這種大冷天，總不會去了庭院吧？

他站在外廊眺望，但也沒看到人影。

『難道去了京城……』

敏次喃喃自語，眉頭緊蹙。

不是不可能。敏次知道，藤壺女御入宮前，請假的昌浩曾在夜晚的京城徘徊。如果昌浩沒告訴母親，他母親就有可能不知道。

『昌浩果然就是當時那個術士！……』

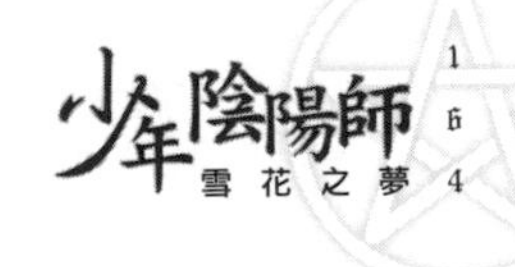

躲在外廊下的彰子聽到他的低嚷，臉色全白了。昌浩暗自行動的事絕對不能讓任何人知道，否則他會被追問為什麼要這麼做。

怎麼辦？

閉起眼睛、雙手合十祈禱的彰子，聽到敏次屏氣驚嘆的聲音。

玄武指向庭院，彰子順著他的手望過去，看到天一佇立在黑暗中。

敏次呆立在外廊上，顫抖著聲音說：『仙女啊！……』

天一對他嫣然一笑。

『好美……』

就在敏次不由得伸出手來時，出現在他背後的朱雀舉起手上的大刀，用堅硬的刀柄往他毫無防備的後腦勺用力敲下去。

敏次還來不及叫就倒下去了。朱雀抓著他的衣領，把他拖到房內吹不到風的地方。

『天貴，可以了。』

朱雀爽朗地笑著揮揮手，天一就笑咪咪地回到了他身旁。

『彰子小姐、玄武，趁現在快走吧。』

在天一的催促下，彰子躡手躡腳地爬上外廊，從昌浩的房間離去。

就在朱雀輕輕踢了敏次的側腹一腳時，晴明出現了。

『喂、喂，再怎麼樣他也是客人，不可以這麼粗暴。』

『凡是對天貴起色心的人都不能原諒。』

朱雀不悅地回應，斜站著看著晴明。

『要走了嗎？』

『嗯，這件事就拜託你了，可不能有什麼萬一。』

朱雀雙手環抱胸前，桀驁不馴地抬高下巴說：『怎麼可以有萬一！對吧，天貴？』

天一默默微笑。

晴明浮現出苦笑般的笑容。

在圍繞貴船的結界一角……被黑暗與大雪覆蓋的地方，不斷滋滋冒出瘴氣。

雪花揚起，出現了兩隻怪物。

一個黑影飛落在牠們之間。

雙頭烏鴉抬頭看著一般人絕對看不見的神聖壁壘，用力拍振翅膀。

左邊烏鴉張開了鳥喙。

『神的結界沒什麼好怕的。』

說著，突然笑了起來——咯咯、咯咯，牠用恐怖的聲音笑著。

右邊烏鴉看著其中一隻怪物，低聲鳴叫著。被瞪著的怪物用力扭動身軀，扭得觸手窸窣作響，沒入了積雪中。

雪隆起來，延伸出一條長長的線，怪物在結界周圍緩緩移動著。

另外一隻呈靜止狀態。

左邊烏鴉低嚷著：『你等不及了啊？我想也是，八成是這樣。』

咻咻，烏鴉發出人類的笑聲，翩然飛起。

『結界根本毫無用處！』

烏鴉用翅膀碰觸神聖的壁壘。瞬間，響起了尖銳的碎裂聲，結界的一部分消失了。

怪物發出喜悅的咆哮聲，闖入了神聖的貴船。

烏鴉目送著它離去，不停地、不停地狂笑著。

一股衝擊貫穿昌浩的胸口。同時，冰冷凍結般的情感湧了上來。

昌浩停下來，用手捂住胸口，心跳不斷加速。

是恐懼……但不是自己的恐懼，是在自己胸口一帶的防人靈魂正處於驚嚇狀態。

『怎麼了？……』

風呼嘯而過，硬雪上的軟雪漫天飛舞，白煙遮住了視線。

前面突然出現詭異的妖氣——是昌浩遇過的妖氣。

『是那個怪物！』

沒有四肢的山椒魚揚起白煙向前衝，披覆全身的漆黑觸手像海浪般波動著。

昌浩想往後退，可是，腳一使力就陷入了積雪中，反應慢了半拍。

他抽出懷中的符咒，擺在眼前，集中全副精神。撲通、撲通，不屬於自己的恐懼充塞心中。

不要怕，我會保護你，一定會。

『東海神、西海神、南海神、北海神。』

我一定會把你送回你想回去的地方。

『四海大神，請驅逐千鬼，袚除災禍！』

高舉的符咒綻放銀白色光芒，迸出靈氣的漩渦。

昌浩將符咒拋向了怪物。

『急急如律令！』

被拋出去的符咒如箭般飛向天際，刺進了怪物的頭部。

靈力炸開，噴出了瘴氣和妖氣，颳起濕熱的風。雪花飛揚，白濛濛地掩蓋了視線。

昌浩把手搭在眼睛上，雪飄進眼中，他不由得閉上了眼睛。

『昌浩！』

急切的叫聲震撼了昌浩的耳朵，說時遲那時快，夾雜在冰雪中的銳利妖氣刺痛了肌膚。

白色煙霧散開來，出現一個全身佈滿纖毛般觸手的怪物，直逼眼前，張大了嘴巴。

灼熱的風颳起，鮮紅色鬥氣升騰，一個修長的身影降落在昌浩面前。

紅蓮放出火焰蛇，衝向了撲上來的怪物，卻被蠕動的觸手彈開了！

任何攻擊都對黏滑的表皮起不了作用。

紅蓮放出來的火焰照亮了四周，白雪上刻劃著怪物的爬行痕跡。處處可見被削斷的觸手，擁有自我意識似的活蹦亂跳著。

昌浩感到不寒而慄，拚命壓下湧上心頭的恐懼，雙手打出手印。

潛藏在體內深處的防人的聲音，愈來愈清晰了。

同時，以前只會在夢中看到的景象，也出現了明確的輪廓。

昌浩瞇起了眼睛。

白雪皚皚，天空被框成了四角形……不，那是窗戶。

雪從窗戶飄進來——那是一直看到的景象。

紅蓮的火焰四處流竄，怪物卻一點都不受威脅，繼續向前逼近。

他把昌浩擋在背後，思考著該怎麼攻擊才有效。

可以確定，紅蓮的火焰對那層黏滑的表皮沒有任何作用。

怪物發出低沉的嘶吼聲，長而龐大的身體彈跳起來，襲向手握長戟的紅蓮。

紅蓮揮過長戟，但是怪物的動作出人意料地靈活，龐大的身軀敏捷地閃過攻擊，伸出了佈滿全身的漆黑觸手。

黏滑的觸手纏繞住紅蓮的四肢，在肌膚上蜿蜒蠕動，四處爬行。紅蓮被爬過的地方體溫驟降，神氣也遭侵蝕，力量銳減。

『怎麼……』

接著，無數的觸手越過紅蓮，把昌浩也纏住了。

『昌浩！』

紅蓮的呼喚，把昌浩拉回了現實。

纏繞四肢的觸手、在肌膚上攀爬的黑色黏滑體，彷彿就要從毛細孔侵入體內。

頸子一帶冰冷起來，某種無法形容的東西從被抓住的地方逐漸滲透進入。

一陣強烈暈眩。

『唔哇！……』

頭痛欲裂，視野泛黃，眼前漸漸黯淡下來，就像貧血般，意識變得模糊。

是觸手吸走了精氣。

昌浩整個人向後仰，頭好痛，一切都失去了真實感。

『可惡！』

紅蓮放聲怒吼，灼熱的風衝散了白色煙霧，逐漸被高熱融化的雪發出嗞嗞聲響，冒出了蒸氣。

在蒸氣之中蠢蠢蠕動的觸手，徹底伸展開來。漆黑的觸手一舉撲了上來，纏遍紅蓮全身。紅蓮的生命力遭到侵蝕，意識模糊了一下。

怪物就趁那一瞬間，把昌浩的身體拖過來，一口吞下去了！

『可惡！』

不出一眨眼工夫就把所有觸手甩開的紅蓮，身體搖晃了一下。但是不管氣有多喘，他還是怒不可遏地召來了無數的火焰蛇。

『殺了它！』

無數的火焰蛇齊飛出去，但是怪物用力抖動全身，所有火焰蛇都從黏滑的表皮滑落下來，完全起不了作用。

此時——

紅蓮的金色眼眸閃爍著紅色光芒，釋放出來的紅色鬥氣，逐漸變色……

『神將，不要再破壞我的住處了。』

頭頂傳來莊嚴的聲音，同時，清靈的力量壓住了紅蓮四肢，也封住了他即將迸射的強烈鬥氣。

紅蓮仰望天空，用怒火燃燒的雙眸瞪著聲音的主人。

『少跟我廢話，高淤神！』

紅蓮的眼睛凌厲地閃爍著。

『你再說，我就把這座山瞬間燒成焦土……』

以人形現身的高淤神，用輕鬆的表情回應紅蓮的挑釁。視野中的身影有些朦朧，不是很清晰，但從氣息和語調，可以清楚想像祂的表情。

『那可不行哦！十二神將騰蛇，你還是要敬重我高淤神幾分。』

高淤神淺淺一笑，指著侵入自己住處的怪物說：

『那傢伙這麼脆弱啊？既然這樣，就讓他死在那裡面吧。』

『你?!……』

高淤神的態度，與慷慨激昂的紅蓮成對比。

『如果他只有這麼一點能耐，就是蜈蚣看走了眼。對他來說，死在這裡說不定會比較幸福。』

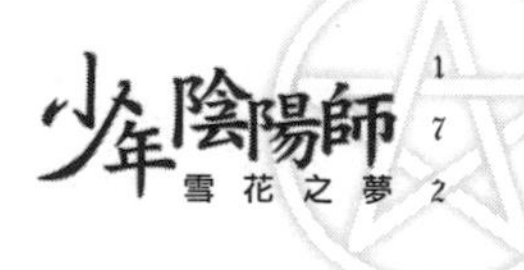

說到蜈蚣時，高淤神俯瞰著怪物。

『什麼?!……』

紅蓮頓時說不出話來。

使用離魂術的晴明，在十二神將六合、太陰、玄武的陪同下，來到貴船山麓。

為了謹慎起見，他把朱雀、天一、青龍、天后留在實體旁。

這麼做，是以防風音乘機來襲。

看到貴船結界了。

以二十多歲姿態出現的晴明，看著神聖的結界，想著昌浩是否順利在結界中淨化了防人的靈魂。

不能同情防人，必須正確掌握防人之心，否則救不了他。如果昌浩能做到，就表示他成長了。但是，對只有十三年人生經歷的昌浩來說，這個擔子似乎太沉重了。

萬不得已時，只好自己親自出馬。晴明這麼想，所以在這裡見機行事，可是不知道為什麼，心頭惴惴不安。

陰霾的天空似泰山壓頂般覆蓋貴船，氣溫逐漸下降，可能很快就會下起雪來。

晴明嘆口氣，垂下視線。

就在這時候——圍繞貴船的結界一角被驚人的瘴氣打破了！

『什麼?!』

晴明滿臉驚愕，因為保護貴船的結界，是名列創世紀神話的高淤神所佈設的強韌壁壘。雖然一度遭異邦妖魔闖入，但是除此之外，據他所知從未被破壞過。

一陣寒顫掠過背脊，他還感覺到一股投向自己的冰冷視線。

他記得這個視線。

晴明抬頭仰望，看到在黑暗中蠢動的影子，發出啪沙的振翅聲響。

『是雙頭烏鴉？』

突然，太陰高亢的叫聲貫穿晴明耳朵。

『晴明，小心！』

六合揮過手上的銀白色長槍，比晴明的反應快了一步。

槍尖擦過從雪中跳出來的龐大怪物的身影。

玄武抓著晴明往後退，太陰的風捲起保護晴明的漩渦。

太陰飄浮在半空中，瞪著全身都是漆黑觸手的怪物。

『這是什麼東西啊？噁心死了！喂，不准碰晴明！』

厭惡感表露無遺的太陰，用暴風擊退了伸過來的觸手。

自然鬈的棕色長髮從兩邊耳朵上方紮起來，年紀看起來比十歲左右的玄武更小。大大的桔梗色眼睛璀璨明亮，流露出堅強的意志。脖子、肩膀、腰間綁著好幾條綢帶，隨風飄揚。順著身體曲線延伸下來的衣服，在腳踝處紮緊，腰間纏著一條布，被風吹得鼓脹翻騰。

太陰赤著腳降落在雪地上，立刻高舉雙手大喊：

『不要過來！』

強烈的龍捲風襲向黑色怪物，把怪物彈出了幾十丈遠。

擺出保護晴明架式的玄武，眨眨眼睛，喃喃說著：

『……她還是這麼偏激……』

六合目不轉睛地看著被太陰的龍捲風擊中，差點被捲得粉碎的怪物。

他總覺得，怪物夾雜著妖氣與瘴氣的氣息中，還存在著其他東西。

『晴明，那裡面……』

同樣有所察覺的晴明，以嚴肅的表情回應六合。

怪物散發出來的妖氣，混雜著微弱的不祥靈氣，在可怕的瘴氣中，滲出微乎其微的氣息。

這個微量氣息，不時從受到衝擊而痛苦掙扎的怪物體內溢出。

正在尋找這個隱藏氣息來源的六合，突然張大了眼睛說：

『是風音？——』

沒錯，這股清靈的力量如冰刃般銳利明亮，正是來自追殺晴明的風音。

太陰驚訝地說：

『為什麼？風音不是有超人的靈力嗎？怎麼會被那個怪物吃了？』

『玄武！』

六合發出低沉的叫喚聲。玄武召來水的波動，團團圍住怪物。

晴明拍擊雙手，銳利的掌聲劈開了風。

『縛縛縛，不動戒縛，神飭光臨！』

在晴明的神咒下，玄武圍住怪物的波動化為靈縛之網。

六合揮動槍刃，一刀劃開了怪物的側腹。接著銀白色長槍變回粗大的手環，在他右手上閃閃發亮。同時，從怪物裂開的地方，流出了黏稠的液體。

六合毫不猶豫地將右手戳入傷口中，噴出了黑色黏液，差點濺到他眼裡，但是他不以為意，手更往裡面伸，連肩膀都浸入了黏液中。

伸進去的手指在濃稠噁心的黏液中游移，碰到了冷冷的東西。

怪物發出怒吼扭動全身，六合視若無睹，用力把那東西拉出來。

啵一聲，一個人影連同充滿瘴氣的體液，被拖了出來。六合用左手抱起昏迷的風音，緊接著右手一揮，用顯現的長槍切斷了怪物的頭。

被切斷的巨大首級飛得又高又遠，從斷裂處淌下來的濃稠黏液，灑得到處都是。

太陰發出尖叫聲，用龍捲風當盾牌擋開首級。龍捲風化為刀刃，把怪物的首級絞得粉碎。

『真不敢相信！六合，你怎麼一點反應也沒有？很噁心耶，哇啊啊！』

年幼的太陰在旋風中發抖，晴明讓玄武去安撫她，自己跑向了六合。

『還活著嗎？』

六合收起長槍，抱起了風音，讓她的頭靠在自己左胸前。風音的左手無力地下垂，動也不動一下。

雖然是追殺自己的刺客，晴明還是心疼地看著她。因為被怪物吞噬過，現在的她陷入了瀕死狀態。

她向來綁得很整齊的頭髮散開來，披在蒼白的臉上，傳遞到六合手上的體溫，冷得像冰一樣。

丟下她不管，她準死無疑。曾被怪物吞噬的她，臉上顯現出晦暗的死亡陰影。

『晴明，怎麼辦？』

聽到沒有抑揚頓挫的詢問，晴明抬頭看著六合的眼睛，黃褐色的眼睛正平靜地看著風音。

怪物的黏稠體液充斥著可怕的瘴氣，光碰到就會失去靈力。所以六合將風音拖出來的右手，到現在還麻得沒有知覺。

從風音的嘴唇，溢出了微弱的呻吟聲。緊閉的眼睛微微顫抖，紫色的嘴唇虛弱地張動著。

晴明看著風音的臉好一會，深深嘆了口氣。

把她救活，八成會再來追殺自己，但是……

晴明的嘴角泛起苦笑。

『這張臉觸痛了我的舊傷口……而且讓她死去，你就白費力氣救她了。』

六合沒有回答。

一股妖氣在他們背後蠢動。

六合偏過頭看，晴明也將視線投向那股妖氣，原來是怪物正扭動著脖子以下的身軀，循著氣息，淌著黏稠的體液朝他們而來。

晴明瞇起一隻眼睛，冷笑著說：

『愈低等的東西愈死不了啊？很不巧，我現在沒有時間跟你耗。』

他用右手打出刀印，瞇起了眼睛。神將們都往後退，以免妨礙到主人。

『把這種東西留在貴船山麓，高淤神也會不舒服吧。』

凍結的靈氣從晴明全身迸射出來。

把怪物剿殺到屍骨無存，並清除所有瘴氣、不留一點痕跡後，晴明再度轉向在六合懷抱中的風音。

雖然現在也只剩半條命，可是在那樣的瘴氣中，她是怎麼存活下來的呢？

這個女孩長得很像晴明在半個世紀前的知己，後來他下落不明，不管晴明怎麼找，都找不到任何線索。

風音是受命於某人來取晴明的性命。但是晴明總覺得事情沒那麼單純，風音對他的敵意似乎強烈得可怕。

除了毫無顧忌的敵意外，還有單純的殺意。

『太陰也說了，她怎麼會被吃下去呢？』

神將們看著晴明，他的眼中掠過忐忑的神色。

晴明認為，是風音背後的某人讓這個怪物活了過來，那個人應該是風音的同伴，但是……

『可能只有我們片面認為他是風音的同伴……』

或者，只有風音片面這麼相信。

『如果我料得沒錯，那麼……這女孩太可憐了。』

晴明的喃喃自語被風吹散，消失在白雪中。

太陰輕輕碰觸風音無力下垂的手指，冷得像冰一樣。

六合看著風音好一會後，把她輕輕放在雪上，在她周圍佈下阻擋寒風的結界。然後，再摸一下她冰冷的右手就離開了。他就是抓著這隻瘦弱的手，把她從怪物體內拖了出來。

晴明將視線投向貴船山。

不知道昌浩怎麼樣了？他總覺得昌浩不可能平安無事。

——倘若，這一切都是岦齋的安排。

『走吧。』

晴明在三個神將的陪同下，翻身離去。

10

悲傷、難過、無奈、痛苦。
種種思緒在心底深處紛紛擾擾。
悲傷，是因為知道再也無法見面。
難過，是因為必須留下他們而去。
無奈，是因為知道不能達成願望。
而痛苦，則是因為無法遵守約定。

我緩緩張開眼睛，遙望也許是最後的天空。
胸口開始如灼燒般疼痛，劇烈咳嗽，是幾個月前的事。
好幾次都咳出鮮紅霧氣，身體一天天羸弱，還不到冬天就起不來了。
啊……口中溢出絕望的低喃。

這個冬天任期就要結束了。
春天一到，就可以回故鄉了，然而……
我勉強轉動脖子，仰望開在牆壁高處的窗戶。
天氣急遽轉冷，寒氣灌入肺腑，更加劇了灼燒般的疼痛。
我知道自己已經不行了。
身子撐不起來了，連舉手都很困難。
病魔耗盡了我所有的體力，僅剩的最後一口氣，維繫著生命。
白色雪花翩然飄落。
覺得刺眼，我瞇起了眼睛。
啊，花朵飛舞著；跟故鄉一樣從天空飄落的六花之雪。
白色結晶就像六片花瓣，所以又稱為六花。這是從小一起長大的妻子告訴我的。
當我說我將離去時，她哭得眼睛紅腫，對我微微一笑說：
一路小心，要注意身體。
當你回來時，這孩子已經出生了。
你要保重自己，不用擔心我們，我們不會有事。
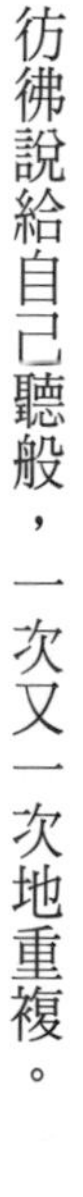
彷彿說給自己聽般，一次又一次地重複。

七彩顏色在白色天空中婀娜搖曳，溫熱的東西從冰冷的眼角流下來。

——歸去吧。

身體動彈不得，死亡的預感攫住了胸口。

儘管如此，願望仍然只有一個。

——歸去吧。

眼淚一滴接一滴落下來。

飄呀飄，無止境飄落的白色雪花花瓣啊。

跟故鄉一樣的雪飛舞著……啊，那地方現在也是白茫茫一片吧。

——歸去吧。

越過那座山；越過那面海；越過那片天。

即便只剩下一顆心，即便身軀已然腐朽，即便什麼都沒有了，也要緩緩閉上眼睛，祈禱到最後的最後。

那聲音、那懷念的聲音，在耳際不斷縈繞回響。

——我要回去。

靜止的東西動了起來。

——我要回去。

至今聽不見的願望、情緒、悲戚的吶喊，一湧而上。

那是不管時光如何流逝，都緊緊拉住這顆心的聲音。

我們不會有事，我們會等著你。

所以，你要平安歸來——

✦ ✦ ✦

在漆黑黏稠的黑暗中，昌浩猛然張開了眼睛。

他喘不過氣來，只有心跳的聲音在耳朵深處激烈迴盪。

啊，對，我當然要回去。

因為彰子等著我。

『你……也是一樣。』

昌浩對心中不斷祈禱的防人說著，在纏繞全身的瘴氣中，用雙手打出刀印。

我怎能死在這種地方呢?!

『此術將斬斷兇惡，消災解厄……』

黏稠的東西流入張開的嘴巴，侵入喉嚨，堵住了氣管。

全身力氣、靈力都被吸走，幾乎連意識都保不住了。

但是……

昌浩咬緊了牙關。

有一樣東西絕對不會消失，不會被任何東西抹煞，那就是現在心中最重要的情愫。

彰子等著我回去。

如果我不能平安回去，她一定會哭。

爺爺應該多少也會替我擔心吧。

還有小怪——也就是紅蓮，眼神充滿了傷痛。

如果有我不知道的某種東西把紅蓮逼到絕境，傷害他、把他打擊得遍體鱗傷，那麼，殲滅那樣的東西絕對是自己的責任。

紅蓮一次又一次救了我。說不定，從很久以前我還沒有記憶時，紅蓮就像包裹住我的緞子般，守護著我。

我不想看到他充滿傷痛的眼神，所以，我非回去不可。

不回去，就不能對他說什麼。

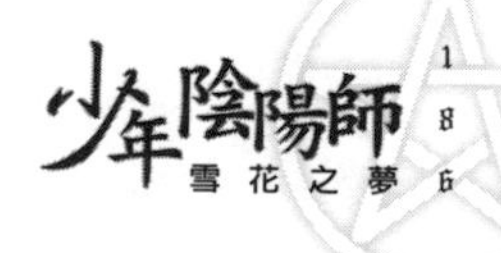

我說過，我一定會成為不輸給任何人、也不犧牲任何人的最偉大的陰陽師。
所以，我不能在這種地方、被這種來歷不明的怪物打倒！

✦ ✦ ✦

白雪漫舞。
男人猛然抬起頭來。
我什麼時候來到了這種地方呢？
放眼望去一片雪白，不斷飄落的六花隨風而逝。
男人的臉扭曲變形。啊，這是哪裡呢？我什麼都不知道，心卻有著很深、很深的疼痛。男人不堪疼痛，跪倒在雪地上。
再也無法前進了，腳好重，心好痛；我只是想回家啊。
悲傷、難過、無奈、痛苦。
『你為什麼這麼悲傷？』
大雪中，有個聲音這麼問他。
『因為再也見不到了……』

男人垂下頭低喃著，氾濫的淚水被吸入了白雪中。
自己的時間停止了。他躺在飄零的六花中，沉睡般閉上眼睛，一切都消失了。
『這麼難過嗎？』
隔著呼嘯的風，那個聲音又這麼問，男人聽到嗟嗟走在雪上的腳步聲。
『嗯，很難過……因為我必須丟下他們。』
所愛的人的身影，烙印在眼底，至今仍清晰鮮明。
『為什麼無奈？』
無奈到胸口就要被撕裂了，心就要崩潰了。
『因為不管怎麼祈求，都達不成願望。』
眼淚從垂著頭的男人臉頰撲簌地落下，滲入雪花中，化成冰凍的花朵。
『那麼，你這麼痛苦是因為……』
男人閉著眼睛，抬頭迎向白雪紛飛的天空。
『因為我答應過他們……』
我們不會有事，我們會等著你。
所以，你要平安歸來——
是啊……有人點著頭這麼說。

男人張開眼睛，看到有人在暴風雪中，踩著雪走向自己。

是個年紀不大的孩子，穿著深色的奇怪衣服。長及背部的頭髮紮在脖子後面，隨風飄逸。

少年淺淺地笑著，舉起手來遙指遠方。

『不用悲傷，因為你還見得到他們。』

男人往少年指的方向望去，在白雪紛飛、風吹的地方，在遙遠的彼方，朦朧的亮光中，有幾個人影晃動著。

少年又對張開眼睛的男人說：

『不用再難過了，只要你誠心祈禱，願望就會實現。』

風吹來了少年的聲音，在耳邊微微作響。

『我答應過要回去，所以，我要回去了……』

男人拚命往前跑，柔和、溫暖的光線漸漸增強。

純白的結晶從天空飄落下來。

——很像六片花瓣吧？所以，又叫六花呢……

男人聽到了熟悉的聲音。

他伸出手來，白色光線愈來愈強，遮蔽了不斷飄落的六花。

人影佇立在光中。他幾乎失聲大叫，向前傾似地伸出了手。
我要回去，我要回去，我要回去……他一再、一再地如此殷切祈禱。
你要回來哦……我會回去。對，我答應過。
回去吧，回去吧，回到你們身旁，回去吧。
『你回來了啊……』
男人緊緊摟住抱著孩子來迎接自己的妻子。

六花花瓣漫天飛舞，無止無盡地飄落，堆積在黑暗的深淵中。
昌浩和花瓣一起沒入了黑暗中。
早點回來！
嗯，昌浩點頭回應了這句話，所以他非回去不可。
可是，困擾的是身體動彈不得。
可能已經耗盡了體力。
『因為……』
我無論如何都想讓他們見面啊——

✦
✦
✦

全身佈滿漆黑觸手的怪物，突然僵硬起來。

原本像微小波浪般不斷蠕動的身軀，『啪』的一聲靜止不動了。

受制於高淤神而只能看著這情景乾著急的紅蓮，突然屏住了氣息。

『昌浩！』

彷彿在回應紅蓮的吶喊，從怪物體內迸出了白熱閃光。

漆黑的表皮出現龜裂，綻放出耀眼的光芒，剎那間炸開來。

怪物被高熱的光燒成碎片，灰飛湮滅了。

被爆炸剜出一個凹洞的雪地上，蹲著一個嬌小的身影，身上的藍色狩衣已經破破爛爛。

捆住紅蓮的高淤神的通力，瞬間消失了。

『昌浩！』

紅蓮用顫抖的聲音大叫，從雪地縱身躍起後直接衝到昌浩身旁，驚慌失色地問：

『你還好吧？喂，昌浩！』

昌浩沒有回應，動也不動一下。

紅蓮全身血液唰地往下竄，慌亂地抱起了昌浩。

把手放在昌浩嘴邊，卻感覺不到呼吸，紅蓮的心跳急劇加速。

他用左手揪住昌浩前襟，猛摑他耳光，昌浩如白紙般蒼白的臉頰被打得清脆作響。

『笨蛋！張開眼睛，快呼吸啊！就算是菜鳥，也不准搞成這樣！喂，不要鬧了，昌浩！……』

沒有反應。

高淤神飄在半空中，幸災樂禍地看著這樣的光景。

『昌浩、昌浩、昌浩……』

紅蓮的呼喊，在山間迴盪著。

✦ ✦ ✦

『紅蓮——』

許久未被召喚了。

現身的十二神將騰蛇，有氣無力地瞥了主人安倍晴明一眼。

年過六十的主人小心翼翼地捧著小小的被巾。

不對，不是被巾。

發現那是什麼後，騰蛇繃起臉來往後退。

是嬰兒。

『吉昌的孩子出生了啊？』

騰蛇這麼嘀咕，晴明眼光柔和地點點頭說：

『是啊，這是最後一個孫子了。』

晴明向騰蛇靠近一步，騰蛇就往後退一步。

他討厭小孩子，尤其是本能表露無遺的嬰兒。

動不動就哭。就算騰蛇什麼都不做，光站在旁邊，散發出來的神氣也會讓嬰兒畏縮、恐懼、顫抖，像著了火般嚎啕大哭，叫人不知如何是好。

每次家裡有小孩子出生，主人安倍晴明就會把騰蛇叫來，讓他跟小孩子見面。每次小孩子都會大哭，最後發高燒，使盡全力表現出他們對他的厭惡。

又來了，騰蛇咂咂嘴，不知道晴明在想什麼。

晴明無奈地嘆口氣，把小心抱著的嬰兒放在鋪被上，替他蓋上了薄大衣。

『幫我看一下，我去看看露樹怎麼樣了。』

『喂！』

騰蛇緊張地大叫，但是晴明老神在在地對他說：

『這次生產跟上次相隔了十多年，所以有些難產，吉昌驚慌失措，正在祈禱，我得去幫他。』

『慢著！既然這樣，就找天一或天后啊。要不然找六合、白虎或其他人也行，總之，找那種會照顧人的人來，我……』

『你就行了……他的表情很平靜啊。』

聽到晴明這麼說，騰蛇驚訝地回過頭看，躺在鋪被上的嬰兒果然動也不動地閉著眼睛，這種情形還是頭一遭。

『名字已經取好了，叫昌浩。』

『晴明！……』

騰蛇有點恐慌地叫著晴明。但是晴明沒有回應，也沒停下腳步，手在背後揮了揮就逕自走開了。

騰蛇不知如何是好。嬰兒很快就會哭了，一定會，一哭就完了，即使他離開，也會一直哭到疲憊、發高燒。

至今以來都是這樣，吉平、吉昌、晴明的其他孫子，全都是這樣。

但是，這個剛出生的嬰兒，完全沒有要哭的樣子。

趁現在回到異界吧，反正嬰兒不會到處爬，不看著他也沒關係——

就在這時候，嬰兒張開了眼睛，緩緩環視四周，有點刺眼似的眨了眨眼睛，視線到處游移，好像在尋覓什麼。然後，他吃力地轉動脖子，朝騰蛇望去。

視線交會了。

騰蛇定住不動。

會哭，絕對會哭，一定會哭出來。晴明啊，我可不負責哦！看吧，他瞇起眼睛來了，一定會哭。

嬰兒眨眨眼睛，盯著騰蛇，微微扭動著身子，看起來好像有些不自在。

騰蛇悄悄靠近嬰兒，作好他一哭就馬上折回異界的心理準備。

他把薄外衣稍微往下拉，嬰兒得到自由的雙手就舞動了起來。看到嬰兒舒坦的樣子，他知道自己猜對了，不由得吐了口大氣。

嬰兒看著騰蛇，突然伸出了紅葉般的小手。

眼睛眨呀眨地，小小的手指迎向了他，他頓時屏住了氣息。

——名字已經取好了，叫昌浩。

騰蛇戰戰兢兢地開了口。

『……』

『昌浩！』

對，名字。

從第一次叫他後，究竟叫過多少次呢？

名字是最短的咒語。當時，我一定對你下了詛咒。

所以，你才會抓住我伸出去的手指，直視著我，對著我笑。

每次、每次，只要我呼喊你的名字……

——幹嘛，小怪？

你就會這麼笑著回應我，不是嗎？所以……

『張開眼睛啊！』

沒有回應。緊閉的眼睛動也不動一下。

不可能、不可能，我不准你這樣，我絕對不准你死在這種地方！

『唔……』

聲音出不來，胸口鬱悶。猛然重現的光景，淹沒了視野。

安倍晴明躺在熊熊燃燒的地獄業火中，滿身是血的模樣，閃過紅蓮腦海，一股衝擊擊潰了他的心。

『昌……』

紅蓮啞然失聲，喘氣後，發出了悲痛的慘叫聲。

『你這個……晴明的……孫子！』

✦ ✦ ✦

很多人會呼喊他的名字。

那些都是他最愛、最愛的人。但是，其中也有非人類。

聽到那個呼喚聲，回過頭去，就會看到夕陽色的眼睛。

可是，那雙眼眸帶著幾許悲哀。

不能讓他知道我有這種感覺，所以我總是笑著，不讓他發現。

只要我笑，悲哀的色彩就會淡去，換來沉著得叫人難過的眼神。

所以我決定了，聽到他的呼喚就回應他。

從還沒有記憶的時候開始，我就這麼下定了決心。

幾乎要被眾人放棄的昌浩，手指突然動了一下。

在雲霞的那一端，高淤神微微張大了眼睛，嘴角露出了淡淡的笑容。

『喲、喲，還真行呢。』

昌浩從嘴裡吐出了黑色的黏液，痛苦地咳了好幾聲後，突然張開眼睛，猛地爬起來破口大罵：『不要叫我孫子！』

他大發雷霆地瞪著紅蓮，肩膀劇烈地上下抖動，然後又一陣暈眩，往後倒了下去。

『……叫什麼都行……就是別叫我孫子！』

臉色蒼白但怒氣沖天的昌浩，以仰躺的姿態瞪著紅蓮。儘管喘得厲害，說話斷斷續續，那眼神也絕不退讓。

有人叫了他的名字，一次又一次，那聲音悲慟得淒烈、哀傷得痛徹心扉。

紅蓮茫然地看著昌浩好一會，長長地吐了一口氣。

微微顫抖的右手掩住眼角，低聲嘟囔著：

『不要老讓人擔心嘛……』

昌浩覺得全身冒出了冷汗，但是努力裝出沒事的樣子，反駁他說：

『你有資格說我嗎？我才擔心你呢！』

紅蓮的肩膀抖了一下。

我必須告訴他，現在就要告訴他。

昌浩閉上眼睛，雙手緊握拳頭，強忍住攀爬上來的寒顫。

『紅蓮，在我不知道的時候你發生過什麼事，你若不告訴我，我就不會曉得。』

紅蓮用手背掩著嘴，金色眼睛注視著昌浩，額頭上的金箍鈍光閃閃。

昌浩閉著眼睛笑了。

『小怪，你不過是個怪物，可別隱瞞我什麼事哦！我也會擔心的。』

神氣倏地消失了。

他閉著眼睛也知道，旁邊有股佇立的氣息。是來自夕陽色的眼睛、身軀只有小狗大，但是，跟其他任何生物都不一樣的小怪。

除了它，沒有這種生物了。在十二神將中，只有紅蓮以異形的模樣出現。

一來，是要讓力量被晴明的法術封住的昌浩也能看得見它；二來，是不想讓具有強烈神氣的原形嚇著了昌浩。

紅蓮因此選擇了小怪的模樣。是的，只有紅蓮。

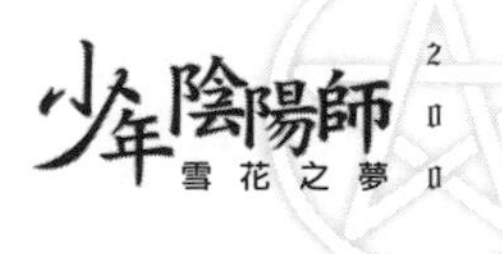

昌浩張開眼睛，看了小怪一眼。

『啊，小怪，你剛才竟敢趁亂叫我孫子，給我記住！』

『那是緊急狀況，忘了吧。』

『不要，我絕對不會忘。』

再怎麼壓抑，還是會喘，寒顫一波波襲來，而且噁心想吐。那個怪物體內的瘴氣，把昌浩的靈力和精氣都消耗光了。

眼皮好沉重，他一再吞嚥口水，呼吸愈來愈急促。

但是，他還是笑著說：『胸口輕鬆多了……那個防人一心一意只想著「我要回去、我要回去」，我本來不懂他為什麼那麼想回去，現在我懂了。』

小怪疑惑地看著他。

『因為……他答應過要回去。』

即便只剩下一顆心，他也不斷這麼期盼著。

只為了實踐與現今已不存在的妻子的約定。

高淤神聽完這些話，滿意地點了點頭，倏地消失了蹤影。

『這小子果然有兩下子……』

龍神的話隨風飄去。

小怪抬起頭，望著高淤神剛才飄浮的地方，維持著那樣的姿態，鼓起勇氣開口了。

身為神將的自己，該向什麼祈禱呢？向天？向世界上所有的一切？或是……

『神將不能殺人，也不能傷人。』

那是很久很久以前，十二神將誕生時就已訂定的不可侵犯的規矩。

『在很久以前……吉昌和吉平都還沒有出生之前。』

嗯，昌浩微微縮起下顎回應。雪的冰冷逐漸滲透身上的布，奪走了體溫。

小怪繼續說，聲音聽起來有些顫抖，但是昌浩假裝沒發現。

『套在我額頭上的金箍，是用來封住我與生俱來的力量。是我要求晴明這麼做的，因為……』

小怪——紅蓮整顆心糾結成一團，直到現在，那個幻覺偶爾還會糾纏他、折磨他。

『我差點……親手殺了晴明……殺了我唯一的主人……殺了給我「紅蓮」這個名字的人類……』

昌浩睜開沉重的眼睛，看著小怪。小怪正仰望著天空，所以看不清楚表情。

『過強的力量把晴明逼入了絕境，要不是有朱雀和天空他們在，晴明那時候已經死了……他現在還活著，是很不可思議的事。』

昌浩眨了眨眼睛。

之前，他說要把詛咒彈回被諸尚怨靈附身的敏次身上時，小怪以犀利的眼神逼問過他：你有背負起人命的覺悟嗎？有讓一輩子也不會消失的愧疚烙印在心中的覺悟嗎？

小怪知道那樣的痛楚，所以用那麼嚴厲的口吻、嚴肅得可怕的眼神質問他。

這樣啊……昌浩低喃著、低喃著，舉起像鉛般沉重的手，在小怪頭上抓著。

小怪任憑他那麼做。

『所以，小怪，你一直承受著這樣的痛苦？』

小怪以甩耳朵來回答昌浩確認似的詢問。昌浩不停地撫摸著小怪的頭。

『那麼……可以了，到此結束了。』

低頭看著雪地的夕陽色眼眸搖曳飄盪。

昌浩在逐漸混濁昏沉的意識中，拚命尋找他非說不可的話。

『爺爺還活著，所以，可以了。爺爺現在活得很好，好到殺也殺不死……』

所以，把心中的痛留在這裡，以後不要再重蹈覆轍就行了。

昌浩看著小怪，瞇起了眼睛。

後悔與自責折磨著他；無法癒合的傷口和痛楚灼燒著他——紅蓮還是強裝沒事的樣子，把一切埋藏在自己心中。

既然這樣，就讓伴隨疼痛的記憶沉睡吧，沉睡在從這片天空飄落的純白雪花中。

掩蓋一切的六瓣雪花啊，請用你的白色花瓣擁抱長年來的痛楚，在春天到來時，一起融化消失吧。

然後，當冬天再度來訪時，雪會以什麼都不知道的潔白姿態，飄落地面，再度掩蓋所有的悲哀、痛苦。

就這樣，季節不斷巡迴，宇宙萬物生生不息。

『可以了……不要再折磨自己了……可以了……』

昌浩的聲音斷斷續續。

怎麼樣都很想睡。在這裡睡著，大概會凍死吧？

思考了一會，昌浩想，應該不會吧。

如果他睡著了，小怪一定會嘀嘀咕咕地抱怨，把他抬回家。

嘴巴狠毒，態度傲慢，但是比任何人都善良。

這就是昌浩所知道的小怪；這就是昌浩所知道的紅蓮。

昌浩的手啪地滑落在雪地上。

最後只覺得臉頰有點痛，思維就墜入了黑暗中。

因為怪物的瘴氣和防人的送魂，已經耗盡體力、超過界限的昌浩，是為了紅蓮才撐到現在。

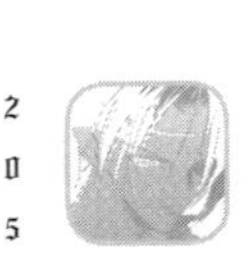

小怪緩緩抬起頭來。夕陽色的眼眸凍結著，視線投注在昏迷的昌浩身上。

我爺爺還活著呢。

說得也是，小怪喃喃說著。

晴明還活著，還活著，但是……

一陣風拂過，幾十年來已經熟悉的氣息，在背後飄落。

『紅蓮……』

小怪以慢動作回過頭。

年輕模樣的晴明正俯視著小怪。

那是紅蓮差點用地獄業火殺了晴明時的模樣。

小怪眼睛眨也不眨地看著晴明。

『為什麼呢？……』

『嗯？』

晴明沉穩地回應。小怪面無表情，用冰凍的眼神看著他說：

『為什麼你現在還能對著我笑呢？……』

晴明瞇起了眼睛。小怪用不帶情感的聲音繼續說：

『為什麼你……你們……都對我這麼好呢？』

晴明微笑著閉起了眼睛。

這大概是紅蓮這幾十年來一直埋藏在心底的疑問吧。

『這個嘛，』晴明回答：『我自己也不知道為什麼。』

人的心蘊含著種種情感，能包容所有一切。

十二神將對紅蓮的憤怒、憎恨、不滿，晴明通通都包容了。

他們那樣的想法情有可原，晴明無法否定或拒絕接受。

但是相同的，晴明也了解紅蓮的心。

他是多麼傷心，多麼絕望，多麼自我苛責。

『不過，紅蓮，我知道……』

小怪眨了一下眼睛。

『你經歷過疼痛，所以，你比誰都堅強。』

是十二年前呱呱落地的嬰兒，減緩了連晴明也束手無策的紅蓮的痛楚。

那條生命，是黑暗中的一線光芒。

晴明踩過雪地，走到小怪旁邊單腳蹲下來。他那閉著眼睛仰躺的孫子，臉色蒼白，完全沒有血色。

『走，回家吧，讓他繼續躺在這裡會感冒。我可不想看到我兒子他們夫婦又跟彰子

哭成了一團。』

微溫的東西緊緊纏住了她。

她墜入深沉的黑暗中，心想沒救了。這時……

在薄弱的意識中，似乎有隻強有力的臂膀，把自己拉了過去。

她恍然張開眼睛，發現纏繞自己的東西突然消失了。

冷風拍打著臉頰。

『……』

啪沙振翅的聲響敲打著耳朵。

風音移動視線，看到飛落下來的黑影。

右邊烏鴉用鳥喙輕啄她的臉頰，低聲鳴叫，可以聽出對她的關心。

風音眨了眨眼睛。

『嵬……你沒事啊？太好了。』

她呼口氣，讓朦朧的意識清醒過來。

冰冷僵硬的手指一使力，筋骨便嘎嘎作響。剛才沒有感覺到的寒冷一湧而上。

顫抖得闔不起來的牙齒，嘎噠嘎噠作響。風音搖搖晃晃地站起來，拚命調整呼吸。

靈力被削弱的肢體異常沉重。她用手扶著旁邊的樹幹，撐起了身體。

『我……怎麼會被救呢？……』

她還記得自己被那個詭異的怪物吞噬了。

那個全身佈滿漆黑觸手的怪物，是百鬼夜行吸入了黃泉瘴氣，變成了那副鬼模樣。

停在風音肩上的嵬咕嚕嚕低鳴著，用鳥喙在她臉頰上磨蹭。瞇起一隻眼睛任憑烏鴉磨蹭的她，察覺到周圍殘存著些微神氣。

她赫然張開眼睛。

『這是……』

是十二神將的神氣。

敵方神將留下如此鮮明的氣息，她竟然都沒發現。

風音咬咬嘴唇，這是徹底的失態。

她用左手緊緊握住右手臂，力量強勁到留下了指痕，一種無法言喻的感覺湧上心頭。那是什麼呢？右手臂上似乎殘留著某種觸感——

她不解地眨眨眼睛，雙頭烏鴉翩然飛落，張開了左邊的鳥喙。

『風音……』

聽到低沉回響的聲音，風音趕緊抬起了頭。

左邊烏鴉嘶啞的聲音中，摻雜著些許其他情感。

『有沒有受傷？』

身體縮成一團的她，微微動了動嘴唇。然後突然回過神來，慌忙搖頭說：

『沒、沒有，我沒事，對不起，宗主大人……』

她似乎鬆了口氣，眼光柔和多了。

左邊烏鴉點點頭，沉默了下來——

回到安倍家，一看到敏次躺在昌浩房間的地板上，小怪的下巴差點掉下來。

敏次隨時可能醒來，所以彰子當然不可能待在這裡。她跟靈魂出竅、像個死屍般動也不動的晴明實體及其他神將們，一起在她平常鮮少進入的晴明房內度過等待的時間。

看到被六合抱進來的昌浩，彰子臉色發白，雙手按住了嘴巴。但是，發現昌浩體內已經看不到任何人的身影，她鬆了口氣，安下心來。

『沒事了吧？他休息一下就會醒來吧？』

身上裹著好幾件薄大衣，躺在晴明的鋪被上的昌浩，跟剛才的蒼白臉色成對比，脹紅著臉，不停地吁吁喘著氣。

回到實體的晴明，緩緩張開了眼睛。

青龍和天后似乎是躲在避開大家耳目的地方待命。晴明心想，不願跟小怪同席的青龍八成爬到了屋頂上，絕不跟小怪碰面。

六合放下昌浩後就隱形了，神將只剩下玄武、太陰和朱雀。

天一看到昌浩很痛苦的樣子，正要開口，就被朱雀粗暴地制止了。

『不行不行不行不行不行！』

天一眨眨眼睛，看著最愛的戀人。

『我什麼都還沒說啊。』

『我知道妳要說什麼。天貴，妳的善良是至高無上的美德，但是，我希望妳也能想想我的心情。』

天一可以把他人的傷勢或病魔，轉移到自己身上。幾十年前，晴明重傷瀕死時，也是她接收了晴明所有的傷勢。

因為這樣，天一有好幾年行動不便，所以記憶猶新的朱雀，很不能接受天一再為任何人受罪。

『我知道，可是……』

『不久前，妳才替倒在那邊那個無能的陰陽師，承受了彈回到他身上的詛咒吧？現在妳好不容易可以起來行動了，我絕不准妳再冒這種險。』

『朱雀……』

天一用悲傷的眼神望著朱雀，使朱雀的決心一度動搖，但他及時把持住了。他從背後抱住天一，抬起她的臉，用傾訴的眼神低頭凝視著她。

『拜託妳，聽我的話，昌浩那傢伙壯得很，就算被刺殺、被剮剜、被撕裂、被踹出去也不會死，很快就會復元了，不用擔心。』

『喂，你把他當成什麼了？』

小怪忍不住介入抗議，但是朱雀不理他，只對著天一說話。

『每次妳代替誰受罪，我就難過得心都快碎了。』

『對不起……』

兩名神將完全進入了兩人世界，小怪瞥了他們一眼，深深嘆了口氣。

『喂，晴明，你是他們的主子吧？你也說說他們嘛。』

『我可不想被馬踢到。』

晴明悠然回答，把視線轉向在一旁待命的玄武和太陰，他們兩人立刻站了起來。

『對不起，我要麻煩你們兩位把敏次送到他家前面，然後不動聲色地讓他家人發現他。』

『好啊，我們樂意為晴明服務。』

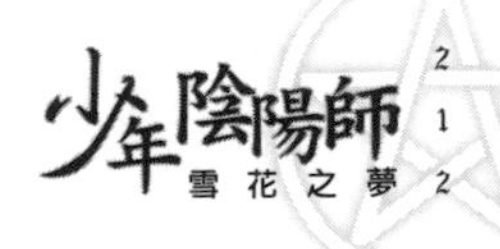

太陰用小孩子的高亢聲音回答。彰子第一次見到太陰，目不轉睛地盯著她。

太陰注意到彰子的視線，右腳往後拉，膝蓋微彎說：

『妳好，藤原小姐，我是十二神將的風將太陰。妳需要風時請隨時告訴我，那是我的拿手本領哦！』

『最好不要，太陰的風太兇暴了。』

玄武插嘴說。太陰繞到他前面，拉著他的兩隻耳朵說：

『你說什麼？再說一次，說啊！』

『好痛……』

玄武咕噥一下就閉嘴了，太陰這才放過他，咯咯笑了起來。

『那我們該走了。玄武，走啦！』

一陣風呼嘯而過，彰子再緩緩張開反射性閉上的眼睛時，已經不見玄武和太陰的身影。是不是敏次也從昌浩的房間消失了呢？

小怪環視周遭後，用後腳抓抓後腦勺說：『啊，好像颱風過境。』

『難怪白虎說她是呼喚狂風的少女，的確很粗暴。』

晴明瞇起一隻眼睛，呵呵笑了起來。

彰子深深覺得，十二神將們都很有個性。

11

藤原敏次心中有著難以抹滅的懷疑。

懷疑的對象，是安倍晴明的小孫子安倍昌浩。

前幾天，詭異的百鬼夜行在京城出現時，輪班巡視戒備的敏次一行人遭百鬼夜行襲擊，差點丟了命。

是來歷不明的嬌小術士，以及擁有驚人通力的兩隻可怕鬼怪救了他們。

他覺得跟任何人說都不會有人相信，所以沒有告訴別人。但是，他懷疑當時那個術士會不會是安倍昌浩。

所以，他每天都用充滿懷疑的眼光看著昌浩。昌浩被看得心浮氣躁，心想得趕快撇清敏次的懷疑才行。

『被他發現就糟了。』

為了抄寫陰陽寮新的一年曆表概要，昌浩邊像平常一樣叩叩磨著墨，邊低頭對在旁邊縮成一團的小怪說。

小怪悠哉地打著盹，但是昌浩跟它說話，它就會舉起一邊耳朵，張開一隻眼睛。

『是啊，吉昌會遭到彈劾，被逼問是不是早就知道了。』

『而且也可能傳到哥哥他們耳裡。這樣一來，叫我怎麼向正平步青雲的哥哥們交代呢？』

也是啦，小怪頻頻點頭。

昌浩的兩個哥哥都是很優秀的陰陽師，在安倍一族中也能躋身前十名。

不過，目前最強的人，當然是安倍晴明；其次就是小怪眼前這個毫無自覺、每天努力做雜務的晴明的小孫子。

昌浩用心愛的硯台磨著墨，愁眉苦臉地說：

『而且我也想跟敏次好好相處，畢竟他是個好人。』

他懷疑的眼神令人困擾，但是前幾天多虧他出現，昌浩才逃出了風音的魔掌。也就是說，敏次在自己毫無自覺的狀態下，幫昌浩脫離了險境。

大概是磨到恰恰好的濃度了。

昌浩在舊的試寫紙上畫線，可是覺得好像還不夠濃，可能會看不清楚。

他喜歡單調的工作，所以要是不管他的話，他可以花好幾個小時磨墨。但工作必須在一定時間內完成，所以他多少會計算一下時間。

突然，他覺得頸子後面有股視線。

小怪代替繼續工作的昌浩回過頭去。

抱著教學用書籍和卷軸的敏次，正目不轉睛地看著昌浩的背影。

『喂，敏次，你看得到我了嗎？』

小怪站起來，蹦蹦跳到敏次面前。

昌浩背對著小怪，也大概猜得出它在做什麼。啊，小怪又在搞怪了。昌浩這麼想，縮起了肩膀。

看不到小怪，是因為小怪極力隱藏了氣息。只要它願意，也可以讓人看到它的模樣。

反之，如果可以看到隱藏氣息的小怪，那就表示這個人擁有超強的通靈能力。就像彰子那樣，什麼都不做也能看到小怪和隱形的神將們。

不過，說真的……昌浩悄悄嘆了口氣。

該怎麼處理敏次呢？

藏人所陰陽師安倍晴明，正在自家房內跟十二神將的玄武下棋。

玄武的棋藝不算好，所以晴明只是把他當成消磨時間的對象。

啪，玄武眨著圓圓的眼睛，把白色棋子放在棋盤上。如果他盤坐，高度會不夠，所以他是直挺挺地跪坐著。

『晴明。』

啪，晴明放下了黑色棋子。

『嗯？』

他答得有氣無力。玄武雙臂環抱胸前，盯著棋盤說：

『那個藤原敏次心中好像還充滿了懷疑。上次我們照你的指示把他丟在他家門前，太陰用強風吹開了門，表現出兇狠粗暴的樣子，可是好像還是解決不了問題。』

晴明低吟了一會，拿著扇子，雙手環抱胸前，露出困擾的神色。

『嗯……可是，我出手好嗎？』

『少來了。』玄武立刻頂回去，事不關己似地眨眨眼睛。『你會說那種循規蹈矩的話，是不是發燒了？啊，總不會是老化了吧？少跟我來這套，我不認識這樣的晴明。』

玄武心直口快，要說過分是很過分，晴明的臉色都有些難看了。

這十二神將真的都很有個性，是他所珍惜的朋友。雖然偶爾會有些事讓他陷入深思，但是，大致上他已經很滿意現在的關係。

躺在天一大腿上閉目養神的朱雀，插入他們的對話說：

『他可是晴明呢，恐怕老早想過該怎麼做了，這傢伙精得很。』

『說得也是，他從以前就是這樣。』

玄武用力點頭附和朱雀的話，聽得天一噗哧笑了起來。

這下子，晴明的臉色真的不太好看了。

『你們這些傢伙……』

像平常一樣結束加班，退出皇宮時，已經快過申時了。

昌浩一如往常走在黃昏的天空下，遇到傍晚時分特別活蹦亂跳的一群小妖。

『喂，孫子！』

『上次多謝啦。』

『那之後一直很平靜呢！』

『平靜真好。』

有的小妖跳來跳去，有的小妖滾來滾去，有的小妖爬來爬去，時而鑽進土裡。這些無聊的小妖們，只要偶爾露出搞怪的模樣、嚇嚇人類就很滿足了。

如果都是這樣的妖怪，我就輕鬆多啦。昌浩內心這麼想。

忙著搏命作戰，是豐富了實戰經驗，可是還有很多知識必須輸入腦中。

『首先，要在觀星和曆表製作上多下點工夫……』

昌浩皺起眉頭，『嗯～』地嘟囔著，直立走在旁邊的小怪也學他那樣，前腳靈活地在胸前環抱，說：

『沒錯，再怎麼說你都是陰陽師，首先要打好基礎。』

『嗯～』地頻頻點頭的小怪，突然甩一下尾巴，無聲地跳起來，逃出了現場。

這種時候會發生什麼事，昌浩已經知道了，完全在他預測範圍內。

站在夜色將近的黃昏中的他，急忙往後退。

剛才他所站的地方，一群小妖自天而降。

『啊，不要躲嘛，不要躲嘛！』

『沒有一天一壓，就不是孫子啦！』

『就是嘛、就是嘛。』

小妖們強烈抗議著，昌浩不理他們，得意地笑了起來。

『哇哈哈，我才不會老被你們壓扁呢。』

『你太嫩了！』

號令一發，第二波又咚咚掉下來了。

這次完全超乎意料之外，昌浩被徹底壓扁了。

『哇哈哈，你太嫩、太嫩啦，孫子啊孫子！』

『你想得太天真啦，晴明的孫子。』

『你還沒出師呢！晴明的孫子。』

昌浩在『小妖山』下大聲怒吼：

『不要叫我孫子！可惡！』

上半身勉強從小妖堆下爬出來後，昌浩懊惱地碰碰捶地。看到他這樣子，小怪悄悄擦拭了眼角。

他怎麼老是這麼可憐呢？

『小怪。』

『嗚嗚，你完全沒進步……』

通常，昌浩都是在這個時候緊咬小怪不放，然後，狀況便進入了一般流程，但是這次不一樣。

小妖們赫然抬起頭來，露出警戒的表情，一哄而散。

對小妖們不尋常的態度感到奇怪而緩緩爬起來的昌浩，突然被人從背後一把抓住了肩膀。

『昌浩……』

彷彿從地底下黏答答地爬上來的低沉聲音，揪住了昌浩的心臟，他猛地跳了起來。

『哇、哇、哇！』

『哇，嚇我一大跳！』

小怪舉起雙手，瞪大了眼睛。

抓住昌浩肩膀的敏次，一副『這次休想逃』的表情，逼問昌浩：

『請你告訴我，你剛才是怎麼了？在做什麼？』

如果不使用符咒或法術，敏次看不到小妖這種程度的小妖怪。

也就是說，他只看到昌浩一個人一下子退後，一下子被什麼壓住。如果看得見小妖還好，在只看得見昌浩的狀態下，昌浩那模樣就很爆笑了。

想到這一點，昌浩不禁暗自發誓，從今以後如果再被壓扁，絕對要選在都沒有人的三更半夜。

先不想這個了。

他東張西望，拚命尋找可以矇混過去的材料，但是，沒有半點靈感。

敏次用獵人追捕獵物般的眼神，直直逼向昌浩。

『我有很多事想問你，今天你非回答不可。』

『呃、呃——啊，嗯，這……』

昌浩一再往後退，背部撞上了某家宅院的牆壁。

在一旁觀看的小怪思考著，是不是差不多該給他一腳迴旋踢了？還是露出原形嚇嚇他？或者更粗暴一點像朱雀那樣把他打昏，會不會比較妥當呢？說到這件事——朱雀啊，你把不能傷害人類的規矩拋到哪去了？

小怪想了種種方法，可是，沒有一樣能夠付諸實行。

空氣的感覺突然變了。

險惡的氣息彌漫開來，瞬間籠罩了四周。

敏次大驚失色……這是妖氣！

『妖怪？』

滿臉警戒地環顧四周的敏次，發現異形的身影從頭頂上跳出來，倒抽了一口氣。

巨大的蝮蛇露出了獠牙。

敏次抓起呆若木雞的昌浩的手，連滾帶爬地向後退。

『可惡的異形！』

敏次打出手印。

『嗡索巴呢索巴溫凱哩卡達凱哩卡達溫、凱哩卡達亞溫哈塔！』

他用唸誦真言所產生的通力，竭盡全力攻擊異形。但是蝮蛇發出兇猛的咆哮，彈開了所有通力。

『可惡！』

蝮蛇衝向了懊惱地吶喊的敏次，和瞪大眼睛、動也不動的昌浩。

敏次擋在昌浩前面，張開了雙手。

『喲！』

一直坐著的小怪，滿臉驚嘆地眨了眨眼睛。

對敏次的評價稍微提高了一些。

看到敏次這麼拚命，昌浩微微張大了眼睛，但也僅止於這樣。

恐怖的蝮蛇已經直逼眼前，敏次斷念似地閉上了眼睛。

就在這一剎那——

『嗡阿比拉嗚坎夏拉庫坦！』

銳利的真言撕裂了蝮蛇的咆哮。

一道銀白色閃光射向了蝮蛇，被強力法術擊中要害的蝮蛇，從裂開的腹部吧答吧答迸出了深色體液。

一個身穿藍色狩衣、臉上蒙著深色長布條的嬌小身影，翩然飛落在屏氣斂息的敏次面前。

『什麼?!』

來歷不明的術士擺出金剛力士的姿態，擋在啞然失色的敏次前面，比畫著襲向還不放棄進攻的異形。

『臨兵鬥者，皆陣列在前！』

刀印揮出後，清厲的氣勢化為無數刀刃，將蝮蛇碎屍萬段。蝮蛇發出垂死掙扎的慘叫聲，轟隆倒地。

被殲滅的異形殘骸，像沙子般嘩啦嘩啦崩潰瓦解。

平安京是魑魅魍魎和百鬼夜行囂張跋扈的地方，任何時候都可能碰到這樣的怪物。

嬌小的術士偏過頭來，看著茫然佇立的敏次。

從蒙著臉的長布條下剎那間露出的眼角，看起來很像昌浩。

如疾風般出現的術士，又如怒濤般揚長而去了。

敏次呆呆佇立了好一會，連眼睛都忘了眨。

昌浩擔心地從後面戳戳他的背。

『呃，敏次……』

敏次像上了彈簧的人偶，猛地轉過身來。

『昌浩！』

『是！』

昌浩不由得挺直了背。敏次用一種無法形容的眼神看著他，然後『啪啪』用力觸摸他的肩膀、手臂做確認。

這麼觸摸了一會後，敏次深深嘆口氣說：

『好像是我搞錯了，對不起。』

『哦，沒關係。』

敏次失望地垂下肩膀，悵然若失地說：

『我原本懷疑那個術士會不會是你呢……前幾天還夢見我為了這件事去你家找你，結果跟那個仙女重逢了。』

對於這件事，昌浩只能不出聲地偷笑。既然他以為是夢，對大家來說都比較好吧。

敏次像除去心腹大患般，露出開朗的表情，輕拍昌浩的肩膀說：

『剛才叫住你，對不起。今晚也很冷，小心點，不要又感冒了。』

『謝、謝謝。』

昌浩頻頻點頭，目送敏次離去。

他帶著笑容，在敏次背後揮手揮了好一會後，看到敏次的身影消失在建築物的一角，立刻換上了另一個表情。

驟變成怒氣沖沖的臉，瞪視著周遭。

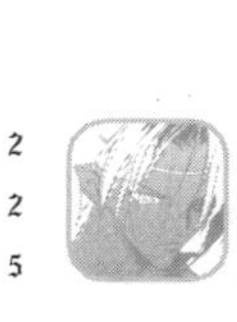

不久後，剛才的術士翩然飛落下來。

單腳跪地的術士身上的長布條被扯下來，露出了跟昌浩一模一樣的臉。

昌浩逼近他，默默揮起了一隻腳。

術士只是微笑，動也不動一下，在昌浩的腳踢落之前，倏地消失了。

一張白色紙人緩緩飄落。

還來不及落地就被昌浩一把揣住，揉成了一團。

『可惡！……』

小怪看著低聲咒罵的昌浩背影時，發現一個白影閃過眼角，它猛然抬起頭來。

跟小怪同樣察覺到這個白影的昌浩，發出了驚叫聲。

是晴明的式符！

『哇，好久沒收到了。』

小怪悠哉地說，昌浩先踹它一腳，再縱身躍起抓住了白影變成的紙片。

在勉強還有一點黃昏光線的二条大路正中央，昌浩看著晴明捎來的便條紙，上面寫著：

行動隨時保持隱密是一大原則，你卻被區區一個陰陽生抓到了尾巴。唉，眞是一大失誤啊！昌浩，爺爺好難過、好沒面子。幸福就在一聲嘆息中溜走了。啊，幸福哪去了？哪去了？看來，你得好好地、用力地修行啦。

By 晴明

昌浩的肩膀哆嗦著顫抖起來。

小怪抓抓脖子一帶。

晴明啊，你還是很喜歡戲弄你的小孫子呢！你特地放出跟昌浩一模一樣的式符，還臨時弄來一隻蝮蛇，明明就是為了解除敏次心中的懷疑啊。

你這傢伙，真是本性難移。小怪無奈地聳聳肩。在他面前的昌浩，緊緊捏著揉成一團的紙，把手高高舉起大喊：

『那個混帳爺爺——！』

✦ ✦ ✦

青龍雙手環抱胸前，佇立在一片白雪的黃昏中。

居於神明最末位的神將們，不會覺得冷。

青龍瞇起眼睛，看著無垠的銀白色大地。

一陣風吹來，堆在硬雪上的軟雪漫天飛舞，揚起白色煙霧。

今年的貴船，積雪特別深。

漫然看著雪的青龍背後，出現了兩個影子。

青龍抖動了一下肩膀，他知道那不是敵人，而是同族的十二神將。

任憑長髮隨風飄揚的太陰和天后，看著青龍的背影。

纏在青龍手上的薄絹迎風掀騰，藍色的強韌頭髮被吹得往上翻舞。

『……晴明說你應該是在這裡。青龍，每到冬天，你就會用充滿殺意的眼神看著大雪呢。』

太陰赤著腳把雪踩硬，走在雪上繞到青龍前面，看著修長的他說：

『喂，我不懂耶，天后也不懂，你為什麼這麼討厭騰蛇？』

她們都知道騰蛇差點要了晴明的命，可是晴明都已經原諒了騰蛇。

而騰蛇也給自己戴上了封鎖大半力量的枷鎖。

『我並不是很喜歡騰蛇。可是已經夠了吧？騰蛇也很自責啊，大家不是都看到了嗎？』

火將騰蛇是最強的凶將，所以十二神將原本就跟他不親。騰蛇不會主動接近他們也是原因之一，但主要還是因為他那雙冷酷的眼睛很可怕。

可是，自從安倍的小孫子昌浩出生以來，那可怕的光芒就愈來愈弱，現在幾乎看不見了。

剛正不阿的六合、同樣是火將的朱雀，還有跟太陰一樣是風將的白虎，從以前到現在都沒有改變過對騰蛇的態度，至於其他的神將們，也都漸漸釋懷。

神將之中，只有青龍還是那麼露骨地閃避騰蛇。

天后用摻雜著種種感情的眼神，看著青龍的沉默背影。

青龍垂下眼睛說：

『你們都不知道……』

外表稚嫩的太陰皺起眉頭，不解地問他：

『不知道什麼？』

青龍望著什麼都沒有的雪地，瞇起了眼睛。

有個光景，至今還深深烙印在他的眼底、他的腦海中。

在無聲無息自天飄落的雪花中。

『不知道那恍如紅色花瓣散落一地般的淒慘景象。』

就在純白與鮮紅兩色之間，一個影子茫然仰望著天際。

烏鴉的叫聲劃破黃昏，在空氣中迴盪著。

青龍瞥了奮力振翅高飛的黑影一眼，冷冷地撂下了一句話：

『所以，我不能原諒騰蛇。而且如果再有第二次，到時……』

太陰害怕地屏住了氣息。

天后默然閉上眼睛，咬住了嘴唇。

『到時……我會殺了騰蛇。』

白色煙霧被狂風吹得漫天飛舞。

曾幾何時，雪花已然從佈滿天空的雲層，無聲無息地飄落了。

後記

小時候，我們舉家搬到上州（現在的群馬縣）北部，所以，每年都會下大雪。

小時候比現在冷，雪也下得更大，一個晚上就可以積到四十公分。

從家門前的道路或玄關前剷除的雪，都是倒入旁邊的小河裡。

有時為了好玩，我會幫忙剷雪。因為還小，不太拿得動剷雪器，可是如果掉了一定會挨罵，所以我總是強撐著不放手，結果常常跟雪一起滾進河裡。這時候，爸媽或附近的人就會用繩子把我拉起來。

晚上到了睡覺時間，我從樓梯爬上小孩房間時，四周特別安靜。

我關了燈，打開窗戶，就會看到鵝毛大雪在黑暗中不斷飄落。

無聲無息地紛紛飄落，逐漸堆積。

積雪會吸收所有的聲音，安靜得讓人產生耳鳴。

我總是在刺骨的寒冷中，聽著下雪的聲音。

這些遙遠的記憶又浮現了。

雪是來自天空的信。

好久不見了，大家好，最近過得怎麼樣？我是結城光流。

這是氛圍與前面幾集稍微不同的《少年陰陽師》第五集《雪花之夢》。

十二月九日完成修改時，東京降下了初雪。難怪黎明時那麼安靜又寒冷，害我答答敲著鍵盤的手冷得受不了。

熬夜熬到天亮後，我一大早就開始喝賞雪酒，一邊欣賞著從天空飄落的雪花。這場雪來得正是時候，彷彿早在計畫中。

開始每次的例行公事吧。

獨領風騷的還是小怪（包括紅蓮），領先到讓人很想把他拱進殿堂中。為什麼昌浩的粉絲再怎麼掙扎都追不上呢？因為小怪（紅蓮）同時擁有可愛、酷、帥氣、搞笑的特質嗎？

昌浩又回到第二名了。上次我說六合遙遙領先，似乎激起了粉絲們的鬥志，支持昌浩的聲音激增。熱情的人很多，但是，還是輸給了小怪……（笑）。

那位『六合旦那』保有一定人氣，穩坐第三名寶座。這次他特別活躍，所以，結城我覺得他可能會更受歡迎哦，靜待結果囉！六合迷大多是喜歡××配六合，很少有人是純喜歡六合。

再來就是晴明和朱雀。

朱雀只出現在第四集最後，但是，可能是沾了Impact大賽的光，替他帶來了意想不到的人氣。有不少人說，很喜歡他和天一出雙入對、卿卿我我的樣子。謝啦謝啦。

果然不出所料，幾乎被所有人當成蛇蠍般厭惡的藤原敏次（HUZIWARA NO TOSHITSUGU），小名TOSSHI（是照某縣知事的形象塑造出來的人物，那個人叫YASSHI），成了昌浩粉絲的敵人。他是個很努力的好人，讓我很想用『因為年輕～』作為他的主題曲。

N崎第一次聽到我說『TOSSHI這樣、TOSSHI那樣』時，只說：『咦？呃……TOSSHI？』驚訝得接不下去。但是，現在已經習慣了。基本上，我都是以正式名字來稱呼故事人物，可是不知道為什麼，只有『旦那』跟『TOSSHI』是以小名稱呼。更不可思議的是，很想在六合下面加上『先生』兩個字。我有時叫他六合先生，有時叫他六合旦那，稱呼變來變去，所以N崎聽我說話時聽得很辛苦。不好意思。

敵人風音上一集只出現背面，這一集充分展現出了她的豔姿，是個很可愛的女孩。我總是傾注所有的愛來寫她，所以不時被N崎喊『卡』。她也是以排山倒海之勢，奪走了部分粉絲的心。堅強、美麗的大姊姊還是很吸引人。

彰子也幾乎穩定了，這次給了她一點嫉妒的徵兆（笑）。昌浩和彰子之間似有若無

的朦朧感，寫起來很好玩。

十二神將也一個緊接著一個出場了，我很期待看到あさぎ怎麼畫這次出場的那孩子。

小說完稿後，要依據責任編輯的要求，增添不足的地方或修改不通順的地方。

N崎看過初稿後，打電話給我。

N：『喂，我是N崎。』

光：『這個電話號碼目前暫停使用，有什麼事請重播……啊，說錯了。』

N：『喂、喂，我看過了，大致上沒有問題……』

光：『哇，來了！不行，再見，N崎，妳讓我做了一場美夢。』

N：『是、是，所以……結城，整體來說Battle不夠。』

光：『……啊？』

N：『Battle不夠啊，Battle！我老覺得少了什麼，就是Battle！昌浩要被打得遍體鱗傷，全身血淋淋，陷入瀕死邊緣，再掙扎著站起來，這是必要情節！』

光：『……呃，我記得Beans文庫是以少女為對象吧……』

N：『無所謂，《少年陰陽師》不一樣！精髓就在Battle、在Battle啊！』

他一連喊了好幾次Battle，害我聽到少年在我腦中大喊：『我們來Battle吧！』還響起了神奇寶貝卡通的OP（開頭主題曲）。

這麼一來，主角昌浩就得帶著封鎖妖怪的符咒，全國走透透了。然後，碰到怪物或妖魔時，就拋出符咒高聲宣言：『妖怪，我贏了你！』

遇到其他陰陽師，要跟妖怪PK時，就說：『小怪，我選擇你！』接著響起比賽開始的鐘聲。必殺技是：『小怪，火焰旋風！』『身體衝撞！』『小怪，噴射火焰！』等等。如果對手是植物屬性，那麼『磅！』的攻擊效果超群！敵人妖怪被擊倒了！啪啪啦，小怪的等級晉升了！小怪學會地球拋投了！（以上皆為神奇寶貝遊戲用語。）

旅行需要伴侶，人生需要友誼。喜歡水系妖的彰子，和立志成為妖怪繁殖者的敏次一起旅行，有時會在位於國府的妖鬥技場，與驅使當地妖怪的鬥技場主人對決，贏了就可以得到勾玉。

為了成為傑出的陰陽師，昌浩偶爾會透過水鏡，跟名震全國的妖博士晴明通話，取得新的妖怪資訊，收服各種妖怪，並跟小怪到處旅行……

光：『……這個版本的《少年陰陽師》如何？』

N：『……』

光：『還有其他的哦！譬如現代的版本，昌浩中學二年級，晴明是藤原集團的企業顧問，也身兼靈媒師和占卜師、陰陽師。昌浩跟集團總裁的孫女兒彰子是從小就認識的

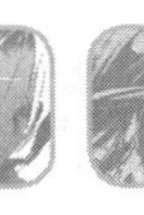

青梅竹馬。昌浩就讀的中學是私立學校，由藤原道長擔任理事長。吉昌是律師，哥哥們也都在藤原集團上班。六合和紅蓮是代理女管家，做很多雜事。青龍是ＳＰ（保安），出租給重要人物當警衛。』

Ｎ：『總之，在×日之前，請加入Battle，做整體增修。』

嗚咽～全被推翻了。不過，會喜歡這個神奇寶貝版的人，目前我只想到一個……唉，總不能永遠逃避現實，所以我記下Ｎ崎說的地方，以她的指示為依據增修初稿。可是修著修著，頁數就像滾雪球般愈來愈多，所以，後來偶爾會發生邊跳腳邊拚命刪除的本末倒置的事。

做這些事時，我還邊想封面摺口的文案、寫後記。

在寫稿子時，我會把東想西想的零碎思緒收集起來，當作下次的題材。可是不知道為什麼，《少年陰陽師》常常會發展出跟我原來的設定不一樣的情節，所以，最辛苦的人是手握韁繩的Ｎ崎。

我總是在很瑣碎、很瑣碎的地方變來變去，所以有時候會陷入沮喪的海溝裡，這時候都是Ｎ崎把我拉上來的。

光：『唔哇！我不行了，不行了。請不要來找我，明天我就要跟妳不認識的人一起去旅行了。』

N：『好了，不要再唱歌了，你絕對行。』

光：『騙人、騙人、妳騙人！』

N：『你胡說什麼啊？不是我自誇，我活了×年從來沒說過謊！』

光：『N崎，這句話是謊言吧？』

N：『……嗯，我也覺得好像有點不可能耶。』

N崎女士就是這麼棒的人。所以，我這次寫的是N崎特別篇。

あさぎ櫻大人，謝謝你每次每次都替我畫那麼多的漂亮封面和插畫。在全日本，我是你畫的插畫的頭號粉絲，今後也拜託你了。

給我Fan letter的朋友，謝謝你們。不過我有個請求，那就是用螢光筆寫的信看不太清楚，所以請儘可能用黑色的筆來寫。用鉛筆或自動筆鉛筆寫，文字也容易磨掉，所以請用原子筆或簽字筆來寫。這麼珍貴的信，要是看不清楚，我會很傷心。

下一集《少年陰陽師》，應該是在嫩葉時節或梅雨季前。

到時再見了！

結城光流

窮奇篇

壹 異邦的妖影

繼《陰陽師》後最熱門的奇幻冒險故事！
已改編成漫畫、動畫、有聲書和廣播劇！

大陰陽師安倍晴明的十三歲小孫子昌浩天生擁有可與祖父匹敵的強大靈力，個性不服輸的他，立志要成為超越晴明的偉大陰陽師！在小怪的守護下，昌浩努力地修行著。一天，後宮突然沒來由地發生了一場大火，而昌浩與小怪竟察覺到一股極不尋常的妖氣……

貳 黑暗的呪縛

日本亞馬遜網路書店五顆星最高評價！

為了尋找擁有純潔靈力的左大臣之女彰子，噬食她的血肉以治癒身上的傷口，異邦大妖怪窮奇率群妖悄悄潛入平安京，而只有昌浩識破了它們的形跡！經過了一番生死激鬥，妖怪們元氣大傷，被昌浩逼回了暗處。然而，此時卻出現兩隻怪鳥妖，向窮奇獻上了奸計……

叁 鏡子的牢籠

安倍昌浩VS.大妖魔窮奇的最終決戰！

經過一場天崩地裂的激烈大戰後，昌浩終於救出了彰子，然而窮奇卻率領著手下神秘消失了。就從這時候開始，京城發生了許多人無緣無故失蹤的『神隱』事件，昌浩懷疑他們是被異邦的妖怪抓走的！為了查出真相，他夜夜和小怪一起尋找窮奇的蹤影。此時，卻傳來了彰子即將入宮的消息……

風音篇

肆 災禍之鎖

全系列熱賣衝破300萬冊！

在與異邦大妖魔窮奇的決戰之後，昌浩重回當個菜鳥陰陽師的日子，每天在陰陽寮忙得頭昏腦脹。可是如此努力修練的他卻被同僚排擠，吃足了苦頭。就在這個時候，藤原行成大人突然被可怕的怨靈糾纏，命在旦夕，而晴明的占卜中更出現了詭譎的黑影——原來，怨靈的背後有一個靈力強大的神秘術士在操弄這一切……

陸 黃泉之風

黄泉に誘う風を追え

在神秘人物『宗主』支使之下，靈力強大的風音開啟了被封印住的『黃泉之門』，釋放出許多惡靈，使平安京飽受威脅。而為了進一步達成的目的，宗主還需要流著『神之血』的祭品！就在此時，昌浩的臉上顯示出『失物之相』，預示著他將失去某個最重要的東西……

柒 火焰之刃

焔の刃を研ぎ澄ませ

宗主出現之後，揭開了紅蓮深埋心底、不願想起的一段往事，迫使紅蓮陷入了瘋狂，心神完全失去控制！因此，為了守住封印、保護人間，為了不讓宗主的邪惡計畫得逞，安倍昌浩面臨了畢生最大的一個挑戰……

國家圖書館出版品預行編目資料

少年陰陽師.伍.雪花之夢 / 結城光流著；涂愫芸譯.
-- 初版.-- 臺北市：皇冠,2007[民96]
面;公分.--(皇冠叢書；第3680種 少年陰陽師；05)
譯自：少年陰陽師 六花に抱かれて眠れ
ISBN 978-957-33-2364-8(平裝)

861.57 96019531

皇冠叢書第3680種

少年陰陽師 05

少年陰陽師——雪花之夢

少年陰陽師
六花に抱かれて眠れ

作　　者—結城光流
譯　　者—涂愫芸
發 行 人—平雲
出版發行—皇冠文化出版有限公司
台北市敦化北路120巷50號
電話◎02-27168888
郵撥帳號◎15261516號
皇冠出版社(香港)有限公司
香港上環文咸東街50號寶恒商業中心
23樓2301-3室
電話◎2529-1778　傳真◎2527-0904
出版統籌—盧春旭
責任編輯—丁慧瑋
版權負責—莊靜君
印　　務—林佳燕・江宥廷
校　　對—鮑秀珍・余可喬・丁慧緯
著作完成日期—2003年
初版一刷日期—2007年11月
初版八刷日期—2012年03月
法律顧問—王惠光律師

讀者服務傳真專線◎02-27150507
電腦編號◎501005
ISBN◎978-957-33-2364-8
Printed in Taiwan
本書特價◎新台幣199元/港幣67元